Die Jünger
Abrahams

Morituri te salutant

Juergen von Rehberg

Die Jünger Abrahams

Morituri te salutant

Bibliografische Information der Deutschen National-bibliothek:
Die Deutsche Nationalbibliothek verzeichnet diese Publikation in der Deutschen Nationalbibliografie; detaillierte bibliografische Daten sind im Internet über http://dnb.dnb.de abrufbar.

Herstellung und Verlag: BoD – Books on Demand, Norderstedt

ISBN: **9783757878573**

„Morituri te salutant." [1]

„Ich kann kein Italienisch."

Die Art und Weise, wie Inspector Miguel Ortiz auf die Worte des Gerichtsmediziners, Doctor Ramon Diaz, reagierte, spiegelte all seine Abneigung wieder, welche er gegen diesen Mann empfand.

„Das ist Latein, du Banause", sagte der Mediziner, der sich ein feines Grinsen nicht verkneifen konnte. Er konnte sich keinen Reim darauf machen, warum Miguel ihm gegenüber so offen seine Abneigung zeigte. Es hatte nie einen Vorfall gegeben, der diese Reaktion hätte rechtfertigen können.

Was Ramon jedoch nicht wissen konnte, war der wahre Grund, der hinter all dem stand. Miguel, ein junger und ehrgeiziger Mann, war der Sohn eines bekannten Chirurgen und außerdem der Neffe von Jefe superior de Policia, Mateo Rodríguez, dem Polizeipräsidenten.

So sehr sich Miguel zu seinem Onkel hingezogen fühlte, so sehr hegte er eine tiefe Ablehnung gegen seinen Vater.

Jorge Ortiz, Profesor am Hospital Sant Ignacio, einer renommierten Privatklinik, hatte in seinem Sohn immer nur den Nachfolger für sein Lebenswerk gesehen.

---

[1] *„Die Totgeweihten grüßen dich."*

Als Miguel jedoch die Laufbahn eines „Hilfssheriffs" – so die despektierliche Bezeichnung durch seinen Vater – gegenüber der eines seriösen Mediziners vorzog, kam es zum Bruch zwischen Vater und Sohn.

Damit einher ging ab diesem Augenblick eine zutiefste Ablehnung gegen den Ärztestand, der sich natürlich somit auch gegen Doctor Ramon Diaz, den Rechtsmediziner richtete.

Miguel sah den Doctor böse an. Nicht nur, dass er es ablehnte, geduzt zu werden, ärgerte ihn auch die Zurechtweisung, das Zitat betreffend.

Er wollte gerade seinem Unmut Luft verschaffen, als die Tür aufging und sein Chef, Comisario Principal Pablo López eintrat.

„Buenos días caballeros!"[2]

„Bienvenido, mi amigo!"[3], kam postwendend die Antwort von Ramon, der mit dem Hauptkommissar ein freundschaftliches Verhältnis pflegte.

Miguel sah zu seinem Chef, der ihm kurz zunickte.

„Was hat dir der Quacksalber schon erzählt?"

Bevor Miguel darauf antworten konnte, sagte der Doctor:

---

[2] *„Guten Tag, meine Herren!"*
[3] *„Willkommen, mein Freund!"*

„Dass ihn die Todgeweihten grüßen."

Pablo sah seinen Freund verwundert an, der ergänzte:

„Das ist Latein, wie du ja weißt, und das habe ich auf der Leiche gefunden. Gut leserlich auf seine Brust tätowiert."

Ramon hatte das Tuch von der Leiche zurückgezogen und offenbarte den beiden Männern die Tätowierung.

Und tatsächlich konnte man den Spruch recht gut erkennen.

„Was hat das zu bedeuten?", fragte Pablo, worauf Ramon antwortete:

„Das herauszufinden ist die Aufgabe von dir und deinem Adlatus."

Ramon hatte sich erneut sein feines Grinserl aufgesetzt, als er an Miguel gewandt ergänzte:

„Das ist schon wieder Latein, Inspector, und bedeutet <Gehilfe>."

Pablo hatte es wohl bemerkt. Er wusste um das schwierige Verhältnis zwischen Miguel und dem Mediziner. Er wandte sich an Miguel und sagte:

„Geh schon einmal voraus, Miguel. Ich muss nur noch etwas mit dem Doctor klären und komme dann gleich nach."

Als Miguel gegangen war, sagte Pablo:

„Warum machst du das, Ramon? Dass du den Jungen nicht magst, ist deine Sache. Aber musst du ihn immer so vorführen?"

„Du irrst dich, Pablo", erwiderte Ramon, *„ich mag den Jungen. Aber findest du es richtig, dass er sich am Rockzipfel des Jefe superior ausweint?"*

„Was?", entfuhr es Pablo, *„er hat sich beim Präsidenten beschwert?"*

„Jetzt staunst du, nicht wahr?", sagte Ramon, *„der Jefe superior hat mich zu sich zitiert und mir die Leviten gelesen. Was sagst du dazu?"*

„Das hätte ich von Miguel nicht gedacht", erwiderte Pablo, *„ich werde ihn mir zur Brust nehmen."*

„Das lässt du schön sein", sagte Ramon. *„Ich komme mit der Memme schon klar. Oder willst du auch beim Präsidenten vortanzen?"*

Als Pablo keine Antwort gab, sagte Ramon:

„Lass uns lieber über den Fall reden."

*****

10

DAS OPFER ABRAHAMS
1. Mose 22

Nach diesen Geschichten versuchte Gott Abraham und sprach zu ihm: Abraham! Und er antwortete: Hier bin ich. Und er sprach: Nimm Isaak, deinen einzigen Sohn, den du lieb hast, und geh hin in das Land Morija und opfere ihn dort zum Brandopfer auf einem Berge, den ich dir sagen werde.

Da stand Abraham früh am Morgen auf und gürtete seinen Esel und nahm mit sich zwei Knechte und seinen Sohn Isaak und spaltete Holz zum Brandopfer, machte sich auf und ging hin an den Ort, von dem ihm Gott gesagt hatte. Am dritten Tage hob Abraham seine Augen auf und sah die Stätte von ferne. Und Abraham sprach zu seinen Knechten:

Bleibt ihr hier mit dem Esel. Ich und der Knabe wollen dorthin gehen, und wenn wir angebetet haben, wollen wir wieder zu euch kommen.

Und Abraham nahm das Holz zum Brandopfer und legte es auf seinen Sohn Isaak. Er aber nahm das Feuer und das Messer in seine Hand;

und gingen die beiden miteinander. Da sprach Isaak zu seinem Vater Abraham: Mein Vater!

Abraham antwortete: Hier bin ich, mein Sohn. Und er sprach: Siehe, hier ist Feuer und Holz; wo ist aber das Schaf zum Brandopfer? Abraham antwortete: Mein Sohn, Gott wird sich ersehen ein Schaf zum Brandopfer. Und gingen die beiden miteinander.

Und als sie an die Stätte kamen, die ihm Gott gesagt hatte, baute Abraham dort einen Altar und legte das Holz darauf und band seinen Sohn Isaak, legte ihn auf den Altar oben auf das Holz und reckte seine Hand aus und fasste das Messer, dass er seinen Sohn schlachtete.

Da rief ihn der Engel des Herrn vom Himmel und sprach: Abraham! Abraham!

Er antwortete: Hier bin ich. Er sprach: Lege deine Hand nicht an den Knaben und tu ihm nichts; denn nun weiß ich, dass du Gott fürchtest, und hast deines einzigen Sohnes nicht verschont um meinetwillen.

Da hob Abraham seine Augen auf und sah einen Widder hinter sich im Gestrüpp mit seinen Hörnern hängen und ging hin und nahm den Widder und opferte ihn zum Brandopfer an seines Sohnes statt. Und Abraham nannte die Stätte »Der Herr sieht«. Daher man noch heute sagt: Auf dem Berge, da der Herr sich sehen lässt.

Und der Engel des Herrn rief Abraham abermals vom Himmel her und sprach:

Ich habe bei mir selbst geschworen, spricht der Herr: Weil du solches getan hast und hast deines einzigen Sohnes nicht verschont, will ich dich segnen und deine Nachkommen mehren wie die Sterne am Himmel und wie den Sand am Ufer des Meeres, und deine Nachkommen sollen die Tore ihrer Feinde besitzen; und durch deine Nachkommen sollen alle Völker auf Erden gesegnet werden, weil du meiner Stimme gehorcht hast.

So kehrte Abraham zurück zu seinen Knechten. Und sie machten sich auf und zogen miteinander nach Beerscheba und Abraham blieb daselbst.

*****

Etwas außerhalb von Barcelona, an den Ufern des El Llobregat[4], wo früher eine Farm stand, auf der man früher Hähne mit blauen Füßen gezüchtet hat, den weltberühmten Gall potablava[5], hat sich vor einigen Jahren eine Gruppe niedergelassen, die sich „Die Jünger Abrahams" nennt.

Sie bezeichnen sich als die wahren Christen, die im Gegensatz zu den etablierten Katholiken eine stark abweichende Auffassung von dem haben, was in der Bibel steht.

So behaupten sie, *„dass die Geschichte Abrahams, die Opferung seines Sohnes Isaak betreffend, von der Kirche verfälscht worden ist, um die Gläubigen bewusst in die Irre zu führen.*

Abraham hätte seinen Sohn sehr wohl geopfert, und die Geschichte, dass ein Engel herabgeschwebt wäre, um ihn davon abzuhalten, sei eine romantische Schönfärberei, die einzig dem Zweck diene, einen gnädigen Gott zu verkaufen, der stets nur Gutes im Sinn hätte.

Das sei blanker Unsinn, denn Gott verlange sehr wohl Menschenopfer, was allein schon durch die Sintflut belegt wäre. Wer in sein himmlisches Reich eingehen wolle, der müsse auch bereit sein, sein Leben dafür zu opfern. Einen anderen Weg zur Seligkeit hat es nie gegeben und wird es auch nie geben."

---

[4] *Spanischer Fluss*
[5] *Katalanisch für „Hahn mit blauem Bein"*

Der Führer, aus dessen verirrten Gehirn dieses Dogma entsprungen ist, heißt Antonio, Jesus Hernández und ist ein gestandener Endvierziger, dessen Erscheinung durchaus als charismatisch Schönling zu bezeichnen ist.

Er hat aus allen Teilen des Landes Menschen angelockt, die auf der Suche nach etwas sind, von dem die meisten selber nicht wissen, was genau das sein soll.

Wichtigstes Hilfsmittel, mit dem gearbeitet wird, sind die sogenannten „love bombs"[6] welche von allen Menschenfängern diverser Sekten erfolgreich eingesetzt werden.

Die „Jünger Abrahams" sind im Laufe von inzwischen fünf, sechs Jahren – eine genaue Zahl gibt es nicht, wie auch nicht die genaue Anzahl der Mitglieder – zu einer ansehnlichen Gruppe gewachsen.

Das wäre ja für den Gesetzgeber nicht wirklich von gesteigertem Interesse, gäbe es da nicht gewisse Vorkommnisse, die aus dem üblichen Rahmen einer Vereinigung von „alternativen Zeitgenossen" herausragen.

Seit ein paar Jahren geschehen immer wieder suizidale Seltsamkeiten, welche die Ermittler vor ein Rätsel stellen.

In unregelmäßigen Zeitabständen landen seit einiger Zeit Leichen von Personen auf dem Tisch des

---

[6] *Liebesbomben*

Gerichtsmediziners, die freiwillig aus dem Leben geschieden sind.

Außer ihrem Suizid haben sie noch eine weitere Gemeinsamkeit. Auf der Brust der Toten ist der Spruch *„Morituri te salutant!"* eintätowiert.

Trotz eingehender Untersuchungen konnte man keine Fremdeinwirkung bei den Toten feststellen.

Da sich die Gruppe aus allen Schichten der Bevölkerung zusammensetzt, was auch die verschiedensten Berufe mit sich bringt, finden sich dort auch Personen, die sich mit dem Gesetz recht gut auskennen.

Und so verliefen alle Bemühungen, die Jünger Abrahams aufzulösen, im Sand.

Die „Jünger Abrahams" sind bestens durchstrukturiert. Es gibt eine klare Hierarchie:

Oberstes Haupt ist der Hohepriester Antonio, Jesus Hernández, der sich mit „Meister" anreden lässt. Der Namenszusatz „Jesus" steht in keinem Geburtenregister. Den hat er sich selbst gegeben, um seiner Erscheinung den nötigen Glanz zu verleihen. Hinzu kommt seine weiße Kleidung, in Form eines Kaftans.

Um seinen Hals trägt er eine lange Kette aus Holzperlen, an deren Ende ein Kreuz hängt.

Zwölf Jünger bilden den inneren Kern. Sie sind für die Verwaltung finanzieller und wirtschaftlicher Angelegenheiten verantwortlich.

Da alle Mitglieder ursprünglich als Singles der Gruppe beigetreten sind, haben einige davon im Laufe der Zeit zueinandergefunden.

Der Hohepriester ist zugleich auch der Einzige, der ein Trauungszeremoniell durchführen darf. Es obliegt ihm, ob er einer Verbindung zustimmt oder nicht.

Er genießt zudem das Privileg, die Braut in der Hochzeitsnacht zu begatten. Es ähnelt dem „jus primae noctis"[7], wie es im Mittelalter dem Lehnsherrn zustand.

Der Rest der Gruppe sind Arbeiter. Die Frauen bestellen die Felder und die Männer kümmern sich um die Liegenschaft.

Der Hohepriester und Meister betrachtet das Wirken seiner Leute mit Wohlwollen und gibt sich diversen Lustbarkeiten hin.

Er selbst ist nicht verheiratet, gibt es doch Bettgenossinnen in großer Zahl, die es als besondere Auszeichnung empfinden, wenn sie dem Meister ihre Lenden darreichen dürfen.

Im Laufe der Jahre sind einige Kinder zur Welt gekommen, die in einem eigenen Kindergarten betreut werden, und sobald sie im schulfähigen Alter angekommen sind, werden sie in einer Privatschule unterrichtet, die sich auf dem eigenen Gelände befindet.

---

[7] *Das Recht der ersten Nacht*

Bemühungen des Staates, diese Einrichtungen zu verbieten, blieben erfolglos. Erziehungs- und Lehrkräfte haben alle einen Berechtigungsnachweis und deren Handlungen sind gesetzeskonform.

Es bleibt natürlich nicht aus, dass die Medien immer wieder darüber berichten. Zum Teil werden sie sogar eingeladen, an Feierlichkeiten innerhalb der Gruppe teilzunehmen.

Die Meinungen über die „Jünger Abrahams" gehen sehr weit auseinander. Sie reichen von Zustimmung, über Bewunderung bis hin zu totaler Ablehnung. Die etablierte Kirche hingegen tut das, was sie am besten kann: Sie hält sich vornehm zurück.

Es hat in der Vergangenheit hie und da gerichtliche Anstrengungen seitens Hinterbliebener außerhalb der Gruppe gegeben, was jedoch nie zu einem brauchbaren Ergebnis geführt hat.

Das Recht auf ein selbstbestimmtes Leben kann man niemand absprechen. Und eine Straftat seitens der Gruppe bzw. eines oder mehrerer Mitglieder derselben konnte noch nicht ein einziges Mal nachgewiesen werden.

Aber dieses Mal war es ganz anders. Auf dem Tisch in der Gerichtsmedizin lag ein Mitglied, das keinem Suizid zum Opfer gefallen war. Es wurde ermordet. Es handelte sich um das Oberhaupt der Gruppe, Antonio, Jesus Hernández.

*****

„Das sieht aber nicht nach Suizid aus."

Der Comisario Principal hatte den Toten genauer betrachtet.

„Das kann sogar ein Laie wie du sehen, mein Lieber", erwiderte der Gerichtsmediziner lächelnd.

„Was kannst du mir über seine Verletzungen sagen?", fragte Pablo.

„Die sind vielfältig, Pablo", antwortete Ramon, *„ich habe allein zwölf Messerstiche gezählt. Zwei davon direkt ins Herz. Und dazu noch die Schnitte quer über das Gesicht."*

Ramon hatte aufmerksam zugehört.

„Der arme Jesus. Da war wohl mächtig Wut im Spiel."

Diese Worte kamen von Comisaria Valeria Sánchez, die unbemerkt an den Tisch herangetreten war.

„Hallo Valeria, wie geht es dir?"

Der Gerichtsmediziner mochte die junge Frau.

„Danke, Ramon, es geht mir gut. Auf jeden Fall besser, als dem armen Kerl."

„Um den ist es nicht schade", sagte Pablo, *„der ist schuld am Tod vieler Frauen."*

19

„*Wieso haben sich eigentlich immer nur Frauen geopfert?*", fragte Ramon. „*Kannst du mir das sagen?*"

Die Frage war an Pablo gerichtet, der mit den Schultern zuckte.

„*Keine Ahnung*", antwortete Pablo, „*vielleicht stand es in der Satzung des Vereins.*"

„*Verarschen kann ich mich selber*", sagte Ramon und reichte die Frage weiter an Valeria.

„*Ich vermute, weil Frauen die geborenen Opferlämmer sind.*"

„*Das steht in der Bibel aber ganz anders*", sagte Ramon, „*ich denke, das war damals ein Junge, der geopfert werden sollte.*"

„*Ist doch auch egal*", beendete Pablo die Diskussion, „*wenn du sonst nichts mehr hast, dann gehen wir jetzt. Komm, Valeria, die Arbeit ruft.*"

„*Sachte, sachte, Pablo*", sagte Ramon, „*das Beste kommt immer zum Schluss.*"

Mit diesen Worten zog er das Leintuch ganz zurück, sodass der Blick auf die Genitalien freigelegt wurde.

Und dann bot sich den beiden Kriminalisten ein grausiger Anblick.

Der Penis des Toten war abgetrennt und lag neben seiner Hüfte.

„Der steckte noch vor wenigen Augenblicken in seinem Mund."

Während Pablo den Blick starr auf den Leichnam hielt, wich Valeria entsetzt zurück.

„Das ist abscheulich und widerlich. Wer macht denn so etwas?"

„Jemand, der einen abgrundtiefen Hass in sich trägt", sagte Pablo, *„und den müssen wir erwischen."*

„Dann macht euch an die Arbeit, meine Lieben. Meinen Bericht bekommt ihr so schnell wie möglich."

Die beiden Kriminalisten verabschiedeten sich und Ramon startet eine CD mit klassischer Musik.

Er liebte die Klassik. Und gelegentlich sang er sogar ein paar Zeilen des Textes mit.

*****

Nur ein paar Tage später herrschte große Aufregung in der Dienststelle.

„El Pais", die größte Tageszeitung Spaniens, wartete mit einer Titelstory auf, die den Comisario Principal Pablo López fast zur Weißglut brachte.

Nicht nur, dass das Bild der Leiche von Antonio, Jesus Hernández mit dem abgetrennten Penis aus dem Instituto de Medicina Legal y Ciencias Forenses de Cataluña[8] zu sehen war, hatte auch der Lieferant für die Zeitung sein grinsendes Konterfei in die Kamera gehalten.

Es war Inspector Miguel Ortiz, der Kollege von Pablo und Valeria, und der Neffe des Herrn Polizeipräsidenten.

Pablo brauchte alle Kraft, um nicht auf seinen Kollegen loszustürmen.

„Du Ausgeburt der Hölle, du gottverdammtes Arschloch“, begann Pablo seine Schimpftirade, *„da, wo andere Menschen ein Hirn haben, ist bei dir absolute Leere. Du taugst noch nicht einmal zu einem Verkehrspolizisten.“*

Valeria versuchte mit Blicken, ihren aufgebrachten Kollegen einzubremsen, aber der ließ sich nicht aufhalten.

„Ich bin mir sicher, dass du gar keine Prüfung zum Inspector abgelegt hast. Du hast sie entweder im Lotto gewonnen oder der liebe Onkel Mateo hat sie dir zu Weihnachten geschenkt.“

Miguel war kreidebleich im Gesicht. So hatte er seinen Chef noch nie erlebt.

---

[8] *Gerichtsmedizinisches Institut Barcelona*

„Mach, dass du verschwindest, du nutzloses Et-was. Und komme mir nicht mehr unter die Augen. Und grüße den Jefe superior lieb von mir."

Miguel war aufgestanden und hatte den Raum eiligst verlassen.

Pablos Gesicht war dunkelrot angelaufen. Seine Atmung ging extrem schnell.

„Beruhige dich bitte, Pablo", sagte Valeria fast flüsternd, *„sonst fällst du noch tot um."*

Pablo winkte ab und lächelte. Die Sorge Valerias berührte ihn.

„Aber vielleicht erschlägt dich auch el Presidente, weil du seinen Lieblingsenkel so zusammengefaltet hast."

Die beiden Kollegen sahen einander an. Pablo hatte Valeria gleich von Anbeginn an unter seine Fittiche genommen. Und Valeria war vielleicht sogar ein wenig in Pablo verliebt.

So zumindest dachte Pablo gelegentlich, auch wenn er sich bewusst darüber war, dass Valeria altersmäßig viel zu weit weg von ihm war.

„Ach Valeria", sagte Pablo, *„wie ist es möglich, dass ein einzelner Mensch so dumm sein kann…"*

*****

„Der Jefe superior erwartet Sie schon. Gehen Sie gleich hinein."

Señora Almara Gómez, die Vorzimmerdame des Präsidenten sah den Besucher mit sorgenvollem Blick an.

„Ist die Stimmung so schlecht, Almara?", fragte Pablo, worauf die Angesprochene mit einem noch sorgenvolleren Blick antwortete.

Pablo öffnete die Tür und betrat entschlossen die Höhle des Löwen.

„Buenos dias Señor presidente!"

Anstatt den Gruß zu erwidern, zeigte der Jefe superior auf einen Stuhl, der vor seinem Schreibtisch stand.

„Ich weiß, was Sie sagen wollen, Señor presidente", kam Pablo seinem Chef zuvor, *„und ich bin auch gern bereit, die Konsequenzen dafür zu tragen."*

Der Mann hinter dem Schreibtisch sah Pablo an und sagte dann:

„So, so. Sie wissen also, was ich sagen will. Dann sind Sie mir voraus; denn ich bin mir noch gar nicht wirklich sicher, was ich sagen will."

Pablo stutzte. Damit hatte er nicht gerechnet. War es lediglich eine List, um in zu verunsichern?

„Wenn Sie erlauben, Señor presidente, dann möchte ich gern den Vorfall aus meiner Sicht schildern," sagte Pablo und sah seinen Vorgesetzten mit großer Spannung an.

„Schildern sie, López", antwortete der Präsident, *„schildern Sie; ich bin schon sehr gespannt."*

Und dann gab Pablo das Gespräch wieder, das er mit Miguel geführt hatte.

Gewisse Passagen schönte er ein wenig, um am Ende seiner Ausführungen hinzuzufügen, *„dass das unprofessionelle Verhalten des Inspector Miguel Ortiz den Ermittlungen auf das ärgste Schaden zugefügt hätte."*

„Das sehe ich ganz genauso."

Diese Worte des Jefe superior de Policia Mateo Rodríguez hauten Pablo beinahe um. Wenn er alles erwartet hätte; das auf gar keinen Fall.

„Aus diesem Grund habe ich die Versetzung von Inspector Ortiz in die Provinz veranlasst."

In Pablos Ohren begann es gerade heftig zu rauschen. Er hatte große Mühe zu verstehen, was der Präsident noch hinzufügte.

„Lösen Sie schnellstmöglich diesen unappetitlichen Fall. Unser Image in der Öffentlichkeit hat sehr gelitten durch die Eselei meines Neffen.

Wenn Sie etwas brauchen, zögern Sie nicht, mich zu kontaktieren. Haben Sie das verstanden, López?"

Pablo stand da mit offenem Mund, sah den Präsidenten nur an und nickte als Zeichen des Verstehens.

„Wenn das alles war, dann können Sie jetzt gehen, López. Und schließen Sie bitte die Tür."

Almara Gómez lächelte, als Pablo die Tür hinter sich zugezogen hatte und nun vor ihr stand.

„Wie ich sehe, ist der Kopf noch immer dran, Comisario."

„Ich kann es noch immer nicht glauben, Almara, was ich gerade erlebt habe", erwiderte Pablo.

Almara Gómez lächelte nach wie vor und bei Pablo stieg ein Verdacht auf.

„Sie haben es gewusst, Almara. Geben Sie es zu."

„Was meinen Sie, Comisario?", erwiderte Almara, ihr verschmitztes Lächeln beibehaltend, was den Comisario in seinem Verdacht bestätigte.

„El Presidente hat vor Wut geschäumt, als ich ihm die Zeitung auf den Schreibtisch legte und ihm das Bild seines Neffen in die Augen stach.

Ich habe Mateo noch nie zuvor so wütend gesehen. Ich habe alles geben müssen, um ihn wieder zu beruhigen."

Sie unterstrich das Gesagte mit einem Augenaufschlag, der bei Pablo Fantasien auslöste. Es war ja auch ein offenes Geheimnis, das der Präsident der holden Weiblichkeit schon gern einmal Avancen machte.

„Davon bin ich überzeugt, liebste Almara", sagte Pablo, *„Sie sind ein Geschenk des Himmels."*

„Das ist sehr lieb, dass Sie das sagen, Comisario", erwiderte Almara, *„und wenn ich einmal etwas für Sie tun kann, dann rufen Sie mich einfach an."*

„So machen wir das", sagte Pablo, in dem Bewusstsein, dass man sich eine Frau wie Almara besser nicht zum Feind machen sollte.

„Ich wünsche Ihnen einen schönen Tag, Pablo, mein Held und fangen Sie den bösen Buben, der diesen abscheulichen Mord begangen hat."

„Das werde ich, Almara", sagte Pablo und entfernte sich, bevor das Gespräch noch intimer wurde.

*****

Comisaria Valeria Sánchez war überrascht, als ihr Pablo eröffnete, dass der unselige Inspector Miguel Álvarez jetzt nicht mehr zum Ermittlerteam gehörte.

„*Wir müssen allein weitermachen*", sagte Pablo. „*Der Presidente hat mir zwar jede Unterstützung zugesagt, aber ich möchte kein fremdes Gesicht um mich haben.*"

„*Ich hätte da eine Idee*", sagte Valeria.

„*Nur heraus damit*", erwiderte Pablo, „*denn ich habe derzeit keine.*"

„*Wir müssten einen Maulwurf bei den „Jüngern Abrahams" installieren.*"

„*Und wie soll das gehen?*", fragte Pablo.

„*Du weißt doch, dass ich eine jüngere Schwester habe.*"

„*Ja, ich weiß*", erwiderte Pablo, „*Soledad, nicht wahr?*"

„*Richtig. Und weißt du auch, was sie macht?*"

„*Nein*", antwortete Pablo, „*also sag schon: Was macht sie?*"

„*Sie ist auf der Escuela de Policia[9] in Madrid*", sagte Valeria, „*und hat gerade ihren Abschluss gemacht.*"

„*Was möchtest du mir damit sagen?*", fragte Pablo voller Ungeduld.

---

[9] *Polizeischule*

Valeria hielt sich ein wenig mit ihrer Antwort zurück. Sie genoss den Augenblick, in der festen Überzeugung, „den Stein der Weisen" gefunden zu haben.

„Soledad ist der perfekte Maulwurf. Wir statten sie mit allem aus, was sie braucht, und sie besorgt uns wichtige Informationen."

Die Reaktion von Pablo, die auf heftige Art und Weise erfolgte, erschreckte Valeria.

„Bist du von allen guten Geistern verlassen?", polterte Pablo los, *„diese Leute sind gefährlich. Willst du, dass deiner kleinen Schwester etwas passiert?"*

„Natürlich nicht", erwiderte Valeria erstaunt, die eine solche Reaktion nicht erwartet hätte. Sie war fast ein wenig verärgert darüber.

„Du weißt schon, dass meine Idee gut ist, oder?"

Valeria schaute Pablo fordernd an. Sie fixierte ihn förmlich mit ihrem Blick.

„Grundsätzlich schon", rang sich Pablo eine Antwort ab, *„aber nicht mit der kleinen Soledad."*

„Warum nicht?", insistierte Valeria, *„nur, weil sie meine Schwester ist?"*

Pablo gab keine Antwort darauf, was Valeria ermutigte, fortzufahren.

„Also erstens ist Soledad kein kleines Mädchen mehr. Sie ist ein kluges Köpfchen und sie hat die Ausbildung mit Auszeichnung bestanden. Sie ist sportlich und sie kann sich wehren. Sie braucht nur eine glaubhafte Vita, mit der sie sich in den Verein einschleichen kann. "

Pablo schwieg noch immer. Natürlich war er von Valerias Idee begeistert, auch wenn er es nicht zugeben wollte. Nicht im Zusammenhang mit ihrer Schwester.

„Wir könnten es durchaus in Erwägung ziehen", sagte er schließlich, *„aber keinesfalls mit Soledad. "*

„Das ist doch lächerlich, Pablo", erwiderte Valeria. *„Ich kenne Soledad – du kennst Soledad. Willst du lieber eine fremde Person nehmen, von der wir nicht wissen, wie sie tickt? "*

Pablo sah in Valerias entschlossenes Gesicht. Er suchte nach einem Gegenargument, fand jedoch keines. Schließlich sagte er:

„Glaubst du, Soledad würde bei der Geschichte mitmachen? "

„Zu hundert Prozent! ", erwiderte Valeria.

„Ich muss aber zuvor mit dem Presidente darüber reden", stimmte Pablo schweren Herzens zu.

*****

Als sich Soledad Sánchez Comisario López und ihrer Schwester Valeria zum Briefing vorstellte, war sie nicht mehr die moderne, junge, toughe, fröhliche Frau mit kesser Frisur, sondern ein verhärmtes, etwas ungepflegt wirkendes Wesen mit unsicherem Auftreten.

„Das ist unglaublich", sagte Valeria, „wenn ich nicht wüsste, wer vor mir steht, würde ich es nicht glauben. Du siehst furchtbar aus, Soli."

So hatte Valeria ihre Schwester genannt, als sie noch Kinder waren.

Soledad lachte.

„So sieht man nun einmal aus, wenn man in einer Beziehung lebt, in der man immer nur Lieblosigkeit und Schläge erfährt."

„Genau", sagte Pablo, „und genau so musst du bei dem Verein rüberkommen. Von deiner Glaubwürdigkeit wird es abhängen, ob sie dich in ihre Reihen aufnehmen."

„Da musst du dir keine Sorgen machen, Pablo; das bekomme ich schon hin", erwiderte Soledad.

„Sachte, sachte! Für dich immer noch <Comisario Principal Sanchez>", korrigierte Valeria ihre Schwester.

„Aber nein", konterte Pablo, „das ist schon in Ordnung. Soledad gehört ja ab sofort zum Team."

„*Der Mann gefällt mir*", genoss Soledad den Sieg über ihre große Schwester und streckte Pablo ihre Hand entgegen.

„*Auf gute Zusammenarbeit, Comisario Pablo, und hör nicht auf meine Schwester. Sie war schon als Kind so pingelig.*"

„*Ich werde dir gleich etwas geben, du Frechdachs*", sagte Valeria lachend und reckte spaßeshalber die Faust in die Höhe.

„*Dann wollen wir jetzt die Details deiner Mission besprechen. Es ist wohl klar, dass wir keine Fehler machen dürfen.*"

Mit diesen Worten beendete Pablo das verbale Geplänkel, um mit den beiden Frauen die weitere Vorgangsweise zu besprechen.

Es gab in der Stadt sogenannte „Hotspots", an denen ausgesuchte und ausgebildete Mitglieder der „Jünger Abrahams" auf Menschenjagd gingen.

Antonio, Jesus Hernández, ihr Oberhaupt nannte sie „Menschenfischer", in Anlehnung an die Bezeichnung in der Bibel, wo Jesus Petrus so nennt.

Überhaupt gefiel es Antonio, sich immer wieder Begriffe aus der Bibel zu entlehnen.

Besagte Menschenfischer sprachen gezielt Leute an, von denen sie glaubten, dass es „Suchende" wären. Suchende nach Liebe, Geborgenheit, Zugehörigkeit, Aufmerksamkeit und wahrgenommen werden.

Soledad schlich wie die Katze um den heißen Brei um zwei „Menschenfischer" herum.

Die Suche nach einem solchen war nicht schwer, zumal seitens der Behörde schon lange eine Überwachung der „Jünger Abrahams" stattfand und die einschlägigen Standorte bekannt waren.

Es waren ein Mann und eine Frau. Der Mann war die Hauptperson, während die Frau eher als Staffage diente.

„Können wir dir helfen, Schwester? "

Der Mann hatte angebissen.

Soledad sah sich ängstlich um, ging einen Schritt auf die beiden zu, um gleich darauf wieder etwas zurückzuweichen.

„Komm bitte näher, wenn du möchtest", kam die Aufforderung, jetzt von der Frau ausgehend.

Soledad ging nun auf die beiden zu.

„Ich heiße Juanita und das ist Pepe. "

Während Juanita das sagte, legte sie ihre Hand ganz vorsichtig auf den Arm von Soledad.

Soledad sah die Frau an und schenkte ihr ein dankbares Lächeln.

„Hat dir heute schon jemand gesagt, wie schön du bist?"

Jetzt übernahm Pepe das Gespräch.

„Nein", antwortete Soledad, *„das hat schon lange keiner mehr zu mir gesagt."*

Während sie das sagte, wich das Lächeln wieder aus ihrem Gesicht.

„Noch nicht einmal dein Ehemann?", fragte Pepe.

„Ich habe keinen Ehemann", antwortete Soledad.

„Aber einen Freund hast du doch bestimmt."

Und wieder berührte Juanita Soledad. Dieses Mal legte sie ihren Arm um Soledads Schulter.

Soledad tat, als scheute sie davor, darauf zu antworten.

„Fällt es dir schwer, darüber zu reden?"

Soledad nickte.

„Ich würde dich gern umarmen, wenn dir das recht ist", sagte Juanita, und noch bevor Soledad etwas sagen konnte, setzte Juanita ihren Vorsatz in die Tat um.

Soledad ließ sie gewähren und erwiderte deren Umarmung. Es fühlte sich an, als wolle sie sich an der Frau festklammern.

Das war das Signal für die beiden „Menschenfischer", dass ein Fisch in ihrem Netz zappelte.

„Komm bitte mit. Da vorne steht unser Bus. Wir setzen uns hinein und dann erzählst du uns alles. Du wirst sehen, danach geht es dir viel besser."

Mit diesen Worten deutet Pepe auf einen Bus, der unweit ihres Standortes zu erkennen war.

Schon wenige Minuten später wurde Soledad neues Mitglied bei den „Jüngern Abrahams". Ihre Leidensgeschichte mit einem fiktiven Freund, der sie gar übelst behandelt hatte, war die Eintrittskarte zu der Vereinigung, die sie ausspionieren sollte.

*****

Valeria hatte fleißig Daten gesammelt, die sie zum Teil aus vorhandenen Polizeiakten und aus dem Internet zusammengetragen hatte.

„Ich frage mich, wie all die vielen Selbstmorde möglich waren und was sie dazu getrieben hat. Aber am wenigsten verstehe ich, dass unter diesen Personen auch kluge Menschen waren; ja sogar Akademiker."

Valeria sah Pablo verständnislos an, als sie das gesagt hatte.

„Mit Ratio ist das wohl kaum zu erklären", antwortete Pablo. *„Diese Frage kannst du genauso gut allen Machthabern stellen, die Kriege anzetteln. Es ist eine Frage, auf die es einfach keine Antwort gibt."*

„Vielleicht liegt es an dem Charisma dieser Sektenführer. Vielleicht verfügen sie über eine gewisse Magie, mit denen sie diesen armen Menschen das Hirn vernebeln", versuchte Valeria weiter ihr Glück auf der Suche nach einer sinnvollen Erklärung.

„Ich weiß nicht", erwiderte Pablo, *„ich vermute eher, dass man diesen mental herumirrenden Menschen eine Heimat gibt. Eine Art Andockstation ihrer Gefühle."*

„Das gefällt mir", sagte Valeria, *„das ist richtig gut."*

„Was genau meinst du?", fragte Pablo.

Valeria sah Pablo mit einem verklärten Blick an, als sie antwortete:

„Das mit der Andockstation für Gefühle…"

„Lass es jetzt gut sein, Valeria", sagte Pablo, *„wir haben einen Mord zu klären, und der Presidente sitzt uns im Nacken. Ich habe einen Durchsuchungsbeschluss und morgen beginnen wir mit der Befragung."*

„Wen willst du denn befragen? Vielleicht alle Mitglieder?"

Dieser Einwand von Valeria war durchaus berechtigt, bedenkt man, dass die „Jünger Abrahams" über eine beträchtliche Anzahl Mitglieder verfügte.

„Natürlich nicht", erwiderte Pablo. *„Wir nehmen uns erst einmal die zwölf Apostel vor. Einen nach dem anderen."*

*****

Als das Großaufgebot der Polizei anrückte, wurden sie schon erwartet.

Die Mitglieder der „Jünger Abrahams" hatten sich wie eine Mauer aufgestellt: Männer, Frauen und Kinder.

Und vor dieser Mauer aus Menschen standen die zwölf Apostel, der innere Kern der Gruppe.

Pablo ging auf sie zu und hielt ihnen das Dokument vor die Nase.

„Mein Name ist Comisario Principal Pablo López, und das ist ein Durchsuchungsbeschluss. Ich hoffe, Sie machen uns keine Schwierigkeiten."

Einer aus der Zwölfergruppe nahm das Dokument in die Hand und prüfte es. Danach sagte er:

„Ich bin Petrus, und ich heiße Sie bei uns will-kommen. Wir werden Ihnen helfen, so gut es geht."

„Bitte, weisen Sie sich aus. Pass oder Personal-ausweis."

Pablo überging zunächst die Art und Weise, wie sich der Mann ihm vorgestellt hatte. Er nahm den Personalausweis entgegen und stellte erstaunt fest, dass er einem Akademiker gegenüberstand.

„Soso, Sie sind Doktor Manuel Álvarez. Darf ich Sie fragen, um welchen Doktortitel es sich handelt?"

„Ich bin der Justiziar der <Jünger Abrahams>".

Die Blicke der beiden Männer trafen sich. Pablo erkannte sofort, dass er einem würdigen Gegner ge-genüber stand.

Er wandte sich um und sagte den begleitenden Beamten, sie mögen die Gebäude durchsuchen. Dann drehte er sich wieder zu dem Justiziar um und ersuch-te ihn, er möge ihm jetzt die Büroräume zeigen.

„Mit dem größten Vergnügen, Señor Comisario. Bitte, folgen Sie mir. Das gilt natürlich auch für Ihre charmante Begleiterin."

Valeria hatte das Szenario aufmerksam verfolgt. Ihr war klar geworden, dass dieser Fall Pablo und auch sie an ihre Grenzen führen würde.

*****

Befragung Dr. Manuel Álvarez, alias „Petrus"
Comisario López:
"Anwesend sind Comisario Principal Pablo López und Comisaria Valeria Sánchez, sowie der Befragte. Bitte, nennen Sie uns Ihren Namen, Ihren Beruf und Ihre Funktion bei den <Jüngern Abrahams>. "

Dr. Álvarez:
„Mein Name ist Dr. Manuel Álvarez, ich bin Justiziar und als solcher bei den <Jüngern Abrahams> tätig. "

Comisario López:
„Was können Sie uns zum Tod von Antonio Hernández sagen? "

Dr. Álvarez:
„Es ist ein unbeschreiblicher Verlust für uns alle. Meister Antonio war unser spiritueller Führer und ein Vorbild für die Gemeinde. "

Comisario López:
„Ich hatte Sie nicht um einen Werbespruch gebeten, sondern zum Tod Ihres Sektenführers befragt. "

Pablo hatte die Bezeichnung „Sektenführer" bewusst gewählt, um den Justiziar aus der Reserve zu locken. Der Versuch scheiterte jedoch. Die Antwort des Dr. Álvarez erfolgte auf eine ruhig und sachliche Art.

Dr. Álvarez:
„Die fälschliche Bezeichnung <Sekte> für unsere Vereinigung weise ich mit aller Deutlichkeit zurück. Ich bestehe darauf, dass dies auch im Protokoll erwähnt wird.

Was Ihre Frage nach dem Tod unseres Meisters angeht, so kann ich Ihnen nichts anderes dazu sagen, als dass es ein gemeines Verbrechen ist, das gesühnt werden muss.

Ich hoffe, dass die Polizei und die Justiz ihre Arbeit macht und den Mörder schnellstens zur Verantwortung zieht.

Sie können versichert sein, dass der Mörder nicht in unseren Reihen zu finden sein wird. Jeder Einzelne von uns, ob Mann, ob Frau, ob Kind hat unseren Meister geliebt. Wir hätten unser Leben für ihn gegeben und keiner, ich betone keiner, hätte ihm je Böses gewollt oder getan. "

Pablo klatschte in die Hände, was seine Kollegin überraschte.

Comisario López:
„Mein Kompliment, Doctor! Das war eine beeindruckende Rede. Sie sollten erwägen in die Politik zu gehen. Oder werden Sie der nächste Hohepriester in Ihrem Verein? "

Dr. Álvarez:
„Sie tun mir leid, Comisario. Hohn und Spott sind die Waffen der geistig Armen. Sie sind zu stumpf, um mich verletzen zu können. "

Pablo bekam einen roten Kopf. Er hätte sich ohrfeigen können, dass er geradewegs in die Falle getappt war, die er eigentlich dem Justiziar stellen wollte.

Comisario López:
„Eine Frage noch, Dr. Álvarez. Wie geht es jetzt weiter mit den „Jüngern Abrahams"? Wird sich die Gruppe auflösen oder kommt ein neuer Messias?"

Dr. Álvarez:
„Wir werden eine dreißigtätige Trauerzeit abwarten. Vielleicht beschert uns das Schicksal während dieser Zeit ein neues Oberhaupt. Wenn nicht, dann wird aus den Reihen der zwölf Apostel ein neuer Meister bestimmt."

Valeria hatte die ganze Zeit über nur zugehört. Sie konnte nicht umhin, eine gewisse Bewunderung für den Mann empfinden, der Pablo gerade Paroli geboten hatte.

Comisaria Sánchez:
„Erlauben Sie mir eine Frage, Doctor Álvarez?"

Dr. Álvarez:
„Aber ja. Bitte fragen Sie, verehrte Señora Sánchez."

Comisaria Sánchez:
„Warum kann eine Frau nicht der Meister bzw. die Meisterin werden?"

Dr. Álvarez lächelte. Er sah Valeria lange und eindringlich an, bevor er antwortete.

Dr. Álvarez:
„Frauen begleiten seit Anbeginn der Welt ein viel höheres und kostbareres Amt als die Männer. Sie ha-

ben von Gott die Gabe geschenkt bekommen, zu gebä-
ren. Was ist dagegen das Amt eines Meisters?

Damit war die Befragung am Ende. Pablo bedankte sich bei dem Justiziar, der sich vor Valeria leicht verbeugte, bevor er den Raum verließ.

„Ein rechter Winkeladvokat, der Herr Dr. Álvarez; findest du nicht auch?"

Pablo kaute noch immer an dem gerade Geschehenen. In all seinen vielen Jahren als Ermittler war ihm so etwas noch nicht untergekommen.

„Der glaubt wohl, er sei etwas Besseres."

„Lass es gut sein, Pablo", sagte Valeria, die gerade ein aufkeimendes Lächeln unterdrücken musste.

„Komm, lass uns etwas trinken gehen…"

*****

Die Durchsuchung der Räumlichkeiten der „Jünger Abrahams" brachte ebenso wenig wie die Befragung der „Zwölf Apostel".

Es war, als hätten sie sich abgesprochen. Ihre Antworten hatten alle den gleichen Tenor. Einen der „Apostel" hatte sich Pablo jedoch bis zum Schluss aufgehoben.

„Wieso ausgerechnet den?", fragte Valeria, worauf Pablo sagte:

„Kannst du mir die Namen der zwölf nennen?"

Valeria überlegte kurz und begann dann:

„Johannes, Matthäus, Thomas, Jakobus, Petrus, Simon und natürlich Judas."

Valeria kam ins Stocken. Schließlich sagte sie:

„Mehr fallen mir gerade nicht ein."

„Das ist doch toll", erwiderte Pablo, *„sieben von zwölf. Ich glaube nicht, dass mir so viele eingefallen wären. Nur der Vollständigkeit halber, es fehlen noch: Philippus, Bartholomäus, Thaddeus, Andreas und ein zweiter Jakobus. Es gab nämlich einen jüngeren und einen älteren."*

„Aber das beantwortet nicht meine Frage von vorhin", insistierte Valeria.

Pablo lächelte, als er genüsslich sagte:

„Da ging hin der Zwölfen einer, mit Namen Judas Ischariot, zu den Hohepriestern und sprach: Was wollt ihr mir geben? Ich will ihn euch verraten. Und sie boten ihm dreißig Silberlinge. Und von dem an suchte er Gelegenheit, dass er ihn verriete.
Matthäus 26, Verse 14-16"

Valeria lachte laut, als sie das hörte.

„Zuerst war ich angetan, als du die Namen der <zwölf Apostel> aufgezählt hast. Aber jetzt weiß ich, dass du bei Dr. Google vorbeigeschaut hast.

Soll das heißen, du hoffst, dass Judas dir Informationen gibt, die uns bei unserem Mord weiterbringen könnten? Und das nur aufgrund des Namens?"

„Wer weiß", erwiderte Pablo, *„ich könnte mir vorstellen, dass der Träger dieses Namens nicht gerade glücklich über seine Wahl war. Wer spielt schon gern den Verräter?"*

„Du bist und bleibst ein alter Fuchs, Comisario Principal Pablo López. Vor dir muss man sich in Acht nehmen."

„Vielen Dank für die Blumen, Comisaria Valeria Sánchez!"

*****

Befragung Álvaro Jiménez, alias „Judas"
Comisario López:
"Anwesend sind Comisario Principal Pablo López und Comisaria Valeria Sánchez, sowie der Befragte. Bitte, nennen Sie uns Ihren Namen, Ihren Beruf und Ihre Funktion bei den <Jüngern Abrahams>."

Álvaro Jiménez:
„Mein Name ist Álvaro Jiménez, ich bin 54 Jahre alt und ich bin für den reibungslosen Ablauf zuständig."

Pablo und Valeria sahen einander erstaunt an und Pablo empfand gerade ein leichtes Hochgefühl. Als Álvaro seine weiteren Fragen beantwortete, sah sich Pablo darin bestätigt, dass er mit etwas Glück den „faulen Apfel" gefunden hatte.

Comisario López:
„Was genau dürfen wir darunter verstehen, Señor Jiménez?"

Es war für die beiden Kriminalisten gut erkennbar, dass sich der Mann, der ihnen gerade gegenüber saß, nicht sonderlich wohlfühlte.

„Kann es sein, dass man Ihr Tätigkeitsgebiet als eine Art „Mädchen für alles" bezeichnen könnte. Quasi als Hausmeister?"

Álvaro Jiménez begann zu schwitzen. Seine Augen flackerten unruhig hin und her. Er nickte als Zustimmung zu der eben gestellten Frage.

Comisaria Sánchez:
„Ich sehe, Sie fühlen sich nicht wohl, Señor Jiménez? Darf ich Ihnen ein Glas Wasser holen?"

Álvaro Jiménez nickte erneut und er lächelte sogar ein wenig als Zeichen seiner Dankbarkeit.

Während Valeria den Raum verlassen hatte, um das Wasser zu holen, befasste sich Pablo scheinbar mit der vor ihm liegenden Akte. Es handelte sich um Akte, die lediglich als Staffage diente und mit dem jetzigen Fall überhaupt nichts zu tun hatte.

Valeria war mit dem Wasser zurückgekehrt und stellte es auf den Tisch. Álvaro trank es mit einem Zug leer.

Comisario López:
„Wir waren bei Ihrer Tätigkeit stehen geblieben. Aus meiner Sicht ist die Tätigkeit eines Hausmeisters – heutzutage heißt das ja <Facility Manager>, was ich überhaupt nicht verstehe – also ich finde, die Tätigkeit eines Hausmeisters kann man gar nicht hoch genug einschätzen. Wie siehst du das, Valeria? "

Valeria war überrascht, als Pablo sie mit einbezog.

Comisaria Sánchez:
„Das ist überhaupt keine Frage, Chef. Das sehe ich ganz genau so. "

Jetzt war Pablo der Überraschte. „Chef" wurde er von Valeria während der langen, gemeinsamen Dienstzeit noch nie genannt.

Der dritte Überraschte im Bunde war Álvaro Jiménez. So etwas Nettes hatte noch nie jemand über seine Tätigkeit gesagt.

Comisario López:
„Wie wird man eigentlich ein Apostel, Señor Jiménez? Oder sollen wir Sie lieber <Judas> nennen? "

Álvaro Jiménez:
„Nein, nein. Bitte, nennen Sie mich einfach <Álvaro>, Señor Comisario. "

Comisario López:
„Warum, Álvaro? Mögen Sie den Namen <Judas> nicht?"

Álvaro Jiménez:
„Nein. Ich habe ihn nie gemocht, und ich wollte auch nie ein Apostel werden."

Diese Worte nährten die Hoffnung bei den beiden Kriminalisten, bei Álvaro Jiménez fündig werden zu können.

Comisario López:
„Aber wieso sind es dann dennoch geworden?"

Álvaro Jiménez:
„Der Meister hat mich erwählt. Da konnte ich gar nichts machen."

Comisaria Sánchez:
„Sie haben den Meister geliebt. Habe ich recht, Álvaro?"

Álvaro Jiménez:
„Ja, Señora. Er fehlt mir."

Álvaro bekam Tränen in die Augen, als er das sagte.

Comisario López:
„Wir werden den Mörder finden, Alvaro. Das verspreche ich Ihnen, und wir rechnen dabei fest mit Ihrer Hilfe."

Alvaro sah Pablo ungläubig an.

Álvaro Jiménez:
"Wie sollte ich Ihnen helfen können?"

Comisario López:
„Indem Sie uns alles über den Meister erzählen, was Sie wissen."

Comisaria Sánchez:
„Sollen wir eine kleine Pause machen, Alvaro? Möchten Sie vielleicht etwas essen?"

Valeria empfand Mitleid mit dem Mann, der offenbar sehr einfach gestrickt war. Sie fragte sich, welches Schicksal ihn wohl in die Fänge des Meisters getrieben hatte.

Álvaro Jiménez:
„Das ist sehr lieb von Ihnen, Señora. Hunger habe ich keinen; aber noch ein Glas Wasser wäre schön."

Valeria verließ den Raum, um kurz darauf mit einem Krug Wasser und einem Käsebrot zurückzukehren. Sie goss das Wasser ein und reichte es Alvaro mit den Worten: *„Sie müssen das Brot ja nicht essen, wenn sie es nicht wollen."*

Valeria war nicht wirklich verwundert, als Álvaro das Käsebrot nahm und mit hastigen Bissen verzehrte.

Und Pablo stellte einmal mehr fest, dass er in Valeria eine Partnerin auf Augenhöhe hatte, die über das nötige Gespür und Feingefühl verfügte, um eine erfolgreiche Ermittlerin zu sein.

Comisario López:
„Álvaro, hatte der Meister Feinde?

Álvaro Jiménez:
„Nein, alle liebten den Meister. "

Die Antwort Álvaros kam so heftig, dass es keinen Zweifel ob ihrer Aufrichtigkeit geben konnte.

Comisario López:
„Aber, wenn ihn alle geliebt haben, wie ist es dann möglich, dass er so übel zugerichtet wurde? "

Pablo schob Álvaro Bilder von der Leiche zu. Als Álvaro die Bilder in die Hand nahm, warf er sie unmittelbar darauf mit einer heftigen Geste auf den Tisch zurück.

Álvaro Jiménez:
„Das ist schrecklich. Wer tut so etwas? "

Comisario López:
„Waren Sie es, Judas? "

Álvaro sprang auf. Sein Gesicht war verzerrt und seine Augen traten weit aus ihren Höhlen hervor.

Álvaro Jiménez:
„Ich hätte dem Meister niemals etwas Unrechtes tun können. Ich hätte mein Leben für ihn gegeben. "

Álvaro hatte diese Worte förmlich hinausgestoßen, und irgendwie kamen sie Pablo bekannt vor.

Valeria belegte Pablo mit einem zürnenden Blick. Natürlich ist es manchmal nötig, an die Grenzen zu gehen. Aber manchmal ist es besser, sich in Zurückhaltung zu üben. Ihr war – ebenso wie Pablo - völlig bewusst, dass dieser einfache Mann nicht der Mörder von Antonio Hernández war.

Comisario López:
„Es tut mir sehr leid, Álvaro. Natürlich sind Sie nicht der Mörder; aber ich habe diese Frage einfach stellen müssen. Das werden sie doch sicher verstehen. Nichtwahr?"

Álvaro hatte sich wieder beruhigt. Er setzte sich nieder und sah hilfesuchend zu Valeria. Valeria nickte ihm zu.

Comisaria Sánchez:
„Es ist alles gut, Álvaro. Wenn es zu anstrengend ist, dann machen wir morgen weiter."

Álvaro Jiménez:
„Das ist nicht nötig, Señora. Aber ich bin kein Mörder."

Comisario López:
„Hatte der Meister vielleicht in letzter Zeit Besuch von jemand, der nicht zu Ihrer Gemeinschaft gehört? Oder hatte er mit irgendjemand Streit?"

Álvaro Jiménez:
„Manchmal gab es Zoff mit einer seiner Ehefrauen. Aber das kommt ja in jeder Ehe vor; glaube ich."

Es war interessant, dass Álvaro den Begriff „Ehe" verwendet hatte.

Comisario López:
„Haben Sie eine Frau oder waren Sie früher schon einmal verheiratet? "

Álvaro Jiménez:
„Ich war schon einmal verheiratet. Aber das ist lange her. Das war, bevor ich zu den „Brüdern" kam.

Comisaria Sánchez:
„ Und was ist daraus geworden? Haben Sie noch Kontakt zu Ihrer Frau und haben Sie Kinder? "

Álvaro Jiménez:
„Nein Señora. Juanita war keine gute Frau. Sie hat mich geschlagen und sie hat mit anderen Männern herumgemacht. Kinder haben wir keine. "

Comisaria Sánchez:
„Das tut mir leid, Álvaro. Vermissen Sie es nicht manchmal, dass Sie keine Familie haben? "

Álvaro Jiménez:
„Nein Señora. Meine Brüder und Schwestern sind meine Familie. "

Pablo war zu der Überzeugung gekommen, dass eine weitere Befragung nichts bringen würde, und beendete daher die Angelegenheit.

Comisario López:

„Sie haben uns sehr geholfen, Álvaro. Wir bedanken uns sehr. Ein Beamter wird Sie nach Hause fahren.“

Die Befragung hatte leider nicht das erwünschte Ergebnis gebracht. Darin waren sich Pablo und Valeria einig. Jetzt lag die ganze Hoffnung auf Soledad, Valerias Schwester.

*****

Der Raum, in welchen Soledad geführt wurde, glich eher einem Prunksaal als einem Büro.

Hinter einem Schreibtisch im englischen viktorianischen Stil aus Mahagoni und einem dazu passenden Drehstuhl mit Lederbezug hing ein überdimensionales Gemälde vom Meister Antonio, Jesus Hernández.

An den Wänden hingen diverse Bilder des spanischen Malers Joan Miró und der Boden war mit kostbaren Perserteppichen belegt.

Eine Sitzgruppe und eine kleine Hausbar vervollkommneten den Raum.

„Treten Sie näher, Señora García. Oder darf ich dich <Soledad< nennen? Wir sind Brüder und Schwestern und wir duzen uns alle. Mein Name ist Petrus und ich heiße dich herzlich willkommen.“

Soledad hatte sich den Namen „García" als alias ausgesucht, weil sie sich den Namen gut merken

konnte. Es war der Nachname ihrer Tante mütterli-
cherseits.

„*Vielen Dank, Herr Petrus*", erwiderte Soledad
mit scheinbar schüchterner Stimme. „*Vielen Dank,
dass ich hier sein darf.*"

„*Sehr gern, liebe Soledad, und bitte nenne mich
einfach nur <Petrus>. Bei uns gibt es keine Herren.*"

Soledad nickte und deutete dann ehrfurchtsvoll auf
das Bild hinter Petrus.

„*Wer ist dieser Mann?*"

„*Das ist unser großer und geliebter Meister Antonio, Jesus, der leider viel zu früh von uns gehen
musste.*"

Bei diesen Worten faltete Petrus seine Hände, als
wolle er ein Gebet sprechen.

„*Das tut mir leid*", erwiderte Soledad. „*War er
krank?*"

Petrus sah Soledad mit einem misstrauischen Blick
an, und Soledad befürchtete schon, dass ihr Vorgehen
vielleicht etwas zu progressiv war.

Ihre Bedenken zerstreuten sich aber sogleich, als
Petrus antwortete:

„*Es liegt im Ermessen unseres allmächtigen Got-
tes, wann unsere Zeit auf Erden abgelaufen ist. Es*

trifft die Alten gleichwohl wie die Jungen. Gepriesen
sei der Name des Herrn."

Soledad machte einen Knicks und bekreuzigte
sich. Sie konnte sich nicht erinnern, wann sie das letzte Mal das Kreuzzeichen gemacht hatte. Sie war schon
vor vielen Jahren aus der Kirche ausgetreten.

Diese Geste trug dazu bei, die Bedenken von Petrus zu zerstreuen.

„Ich habe gehört, dass das Schicksal nicht immer
sehr gut war zu dir", begann nun Petrus zum eigentli-
chen Zweck dieses Gesprächs zu kommen.

Soledad nickte.

„Das wird sich hier ändern, meine Schwester. Bei
uns bist du geborgen und wirst geliebt. Die Liebe ist
das Wichtigste im Leben eines jeden Menschen. Da
stimmst du mir sicher zu."

Soledad nickte erneut.

„Hast du einen Beruf erlernt?"

„Ja, ich habe eine kaufmännische Lehre gemacht
und bis vor ein paar Monaten in einem Schreibwaren-
geschäft die Buchhaltung gemacht."

„Das ist ja wunderbar", entgegnete Petrus schon
fast euphorisch, *„dann kannst du in der Verwaltung*
mithelfen."

„Kann ich dann vielleicht auch hier wohnen?"

Soledad bemühte sich nach wie vor, einen unterwürfigen Tonfall anzuschlagen, was bei ihrem Gegenüber sehr gut ankam.

„Aber sicher, Soledad. Du gehörst ab sofort zu uns und alle Brüder und Schwestern sind jetzt deine Familie. Maria wird dich jetzt herumführen und dir zeigen, wo du schlafen kannst."

Petrus trat hinter dem Schreibtisch hervor und umarmte Soledad.

„Sei noch einmal von Herzen willkommen, Schwester Soledad."

Die Frau, welche auf Maria hörte, und die Soledad hereingeführt hatte, begleitet sie hinaus.

Soledad folgte ihr willig, und das Gefühl, dass sie nun eine Undercover-Agentin war, bescherte ihr ein Hochgefühl.

*****

Dr. Carmen Uribe war eine Frau, die mit ihrem Auftreten einen Raum erfüllte. Sie war eine renommierte Psychologin und Dozentin an der „Universitat de Barcelona".

„Mein Name ist Dr. Carmen Uribe und ich nehme an, dass Sie von Mateo über meinen Besuch instruiert worden sind."

Pablo sah die Besucherin mit großen Augen an und er wusste gerade nicht, um wenn es sich bei „Mateo" handeln sollte.

Carmen hatte es bemerkt und fügte hinzu:

"Ihr Boss, Jefe superior Mateo Rodríguez?"

Pablo sah zu Valeria, die von dem Auftreten der Frau gleichermaßen beeindruckt war.

"Bedaure, ich weiß gerade nicht, worum es geht?"

Carmen lachte. Es war ein offenes Lachen, dass aus der Tiefe ihrer Seele kam, und es passte zu ihrem Namen.

„Das ist typisch Mateo. Rufen Sie ihn doch einfach an. Er soll Ihnen sagen, warum ich hier bin."

Carmen reichte Pablo ihr Handy, zog es aber im gleichen Augenblick wieder zurück.

„Warten Sie, ich rufe ihn selber an."

Es folgte ein sehr vertrautes Gespräch, in dessen Verlauf der Name Mateo des Öfteren fiel, begleitet von gelegentlichem Lachen seitens der Psychologin.

Pablo und Valeria verfolgten den skurrilen Vorgang, ohne auch nur den Hauch einer Ahnung zu haben, was da gerade passierte.

Am Ende des Gesprächs reichte Carmen ihr Telefon mit den Worten:

„Er will mit Ihnen reden."

Das Gespräch zwischen dem Präsidenten und Pablo war sehr kurz und verlief eher einseitig. Pablos Beitrag beschränkte sich auf mehrere „Jas" und gelegentliches Kopfnicken.

Pablo gab das Telefon wortlos an Carmen zurück.

„Also dann wissen Sie jetzt ja Bescheid, mein Lieber."

Pablo bestätigte das mit einem *„Si, Doctora"* und informierte danach seine Kollegin.

„Frau Dr. Uribe soll uns bei unseren Ermittlungen helfen. Anweisung vom Chef."

„Aber, aber! Warum so förmlich, mein Lieber. Nennen Sie mich einfach nur Carmen und ich werde Sie...

Wie heißen Sie eigentlich mit Vornamen?"

„Ich heiße Valeria und das ist Pablo."

Valeria war für Pablo in die Bresche gesprungen, weil dieser augenblicklich scheinbar unfähig war, mit der Situation umzugehen.

Im Gegensatz zu Pablo fand Valeria Gefallen an der Frau und ihrem erfrischenden Auftreten.

„Fein, Valeria. Ich sehe, wir verstehen uns. Mateo hat mich ja schon im Vorfeld ein wenig mit dem Fall vertraut gemacht.

Und bei dem Kollegen Diaz war ich auch schon. Er hat mir die Leiche gezeigt, und ich muss sagen, das ist schon starker Tobak. "

Pablo konnte mit dem starken Auftreten von Carmen nicht gut umgehen. Er fühlte sich gerade leicht überfordert und er fragte sich, wer denn eigentlich den Fall leitete.

„Haben Sie schon eine Vermutung, wie unser Täter tickt? "

Valeria war von Carmen sichtlich beeindruckt. Zu der starken Stimme der Frau kam noch ihr Aussehen. Carmen war ca. 175 bis 180 cm groß, kurviger Körperbau, kurzes, nach hinten gekämmtes Haar und ein Timbre in der Stimme, die an John Wayne erinnerte.

„Der Vergleich mit einer Uhr gefällt mir, Valeria", erwiderte Carmen, *„denn ich glaube, dass es sich um keine Tat im Effekt handelt. Eher im Gegenteil. Die Tat wurde minutiös geplant und durchgeführt. "*

„Das glaube ich auf gar keinen Fall", sagte Pablo, der sich damit wieder ins Spiel zurückbrachte.

„Und warum nicht, mein Lieber?"

Das war nun einmal zu viel.

„Ich würde Sie höflich ersuchen, mich nicht <mein Lieber> zu nennen. Entweder nennen Sie mich Comisario oder von mir aus auch Pablo."

Valeria erschrak. Sie sah ihren Kollegen erst vorwurfsvoll an und blickte danach erwartungsvoll zu Carmen.

„Es tut mir leid, Comisario, wenn ich Ihnen zu nahe getreten bin. Aber ich werde Ihrem Wunsch selbstverständlich gerne nachkommen."

Carmen hatte diese Worte mit viel Bedacht und mit einer leisen, aber festen Stimme ausgesprochen.

„Würden Sie mir jetzt sagen, wie Sie den Täter oder die Täterin sehen? Es könnte sich ja auch um eine Frau als Täterin handeln. Oder sind Sie da anderer Meinung?"

„Nein, natürlich nicht", sagte Pablo, und er bedauerte, dass er gerade so heftig reagiert hatte.

„Bitte, entschuldigen Sie meinen Ausrutscher, Doctora, es tut mir wirklich leid."

„*Ist schon gut, Pablo*", erwiderte die Psychologin, „*aber nur, wenn Sie mich Carmen nennen.*"

Ein Lächeln, das über Pablos Gesicht huschte, war das Zeichen, dass das Eis gebrochen war.

„*Also, wie sehen sie unseren Kandidaten?*"

„*Ich denke, es ist eher eine Frau, die sich rächen will*", antwortete Pablo. „*Es ist so viel Wut, so viel Hass im Spiel. Das weist aus meiner Sicht auf eine Frau hin.*"

„*Das ist ein interessanter Aspekt, Pablo. Und was denken Sie, Valeria?*"

Carmen sah Valeria mit ihren festen Blick an. Es war ein Blick, dem man sich nur sehr schwer entziehen kann. Er hatte etwas Bestimmendes an sich, und er hatte eine Körperlichkeit, der Valeria ein wenig verunsicherte.

„*Ich denke eher an einen Mann als Täter*", sagte Valeria. „*Die Brutalität, mit welcher die Tat vollzogen wurde, traue ich einer Frau nicht zu.*"

Carmen lächelte, und ihr Lächeln drang tief in Valeria ein. Sie fühlte sich wie magisch davon angezogen.

„*Wenn sie sich da einmal nicht irren, liebe Valeria.*"

Im Gegensatz zu Pablo gefiel Valeria die vertraute Anrede von Carmen.

„Jetzt aber Sie, liebe Carmen!"

Valeria erschrak über sich selbst. Hatte sie gerade „liebe Carmen" gesagt?

Carmens Lächeln beschleunigte die aufziehende Röte in Valerias Gesicht. Valeria sah angstvoll zu Pablo. Wie es schien, hatte dieser nichts mitbekommen, sehr zur Freude von Valeria.

„Zunächst schließe ich weder Mann noch Frau als Täter aus. Wichtiger ist das Hinterfragen des Motivs. Ich denke nicht, dass die Tat im Affekt geschehen ist. Dass weder Spuren noch die Tötungswaffe gefunden wurden, deutet darauf hin, dass der Täter oder die Täterin den Mord akribisch geplant hat. Es muss also ein Motiv geben und das müssen wir finden."

„Wie soll das gehen?", fragte Valeria und Carmen antwortete:

„Wir müssen mehr Hintergrundmaterial zusammentragen. Wer war der Ermordete? Wie hat er sich anderen Menschen gegenüber verhalten? Wer waren seine Bezugspersonen? Hat er andere Menschen verärgert oder gar verletzt?

Ich weiß, dass es schwierig werden wird, an solche Informationen zu kommen. Aber es ist der einzige Weg, um sich ein Bild von dem Opfer machen zu können."

„*Das ist gar nicht so schwierig, wie Sie glauben*", meldete sich Pablo zu Wort, in dessen Stimme eine kleine Spur von Überheblichkeit mitschwang.

„*Wie darf ich das verstehen, Pablo?*"

„*Wir haben einen Maulwurf in die Gruppe einge-schleust.*"

Jetzt war es Stolz, der in dem Gesagten mit-schwang.

„*Das ist ja großartig*", sagte Carmen, „*und wer ist das?*"

Pablo wollte gerade antworten, „*dass aus Gründen der Sicherheit diese Frage nicht beantworten werden könnte*", als Valeria ihm in die Parade fuhr.

„*Meine kleine Schwester Soledad.*"

Pablo musste an sich halten. Er schickte einen zür-nenden Blick zu Valeria, der jedoch wirkungslos an ihr abprallte.

„*Ist das nicht ein wenig gefährlich, meine Liebe?*"

Pablos Abneigung gegen dieses Gesülze nahm ge-rade progressiv zu, und mit ihr das Bewusstsein, dass er und diese Psychologin, die ihm „El Presidente" aufs Auge gedrückt hatte, niemals Freunde werden würden.

„*Hat Soledad schon Ergebnisse geliefert?*"

„Nein, dazu ist die Sache noch zu frisch. Aber ich bin sicher, dass wir in Bälde von ihr hören werden."

Carmen richtet ihren Blick zu Pablo und lächelte.

„Ich würde Sie und Valeria gern auf ein Bier oder ein Glas Wein einladen. So könnten wir uns noch ein wenig besser kennenlernen. Was halten Sie davon?"

„Das ist grundsätzlich eine wunderbare Idee; aber ich kann nicht. Ich habe zu Hause eine kranke Mutter, um die ich mich kümmern muss. Aber vielleicht ein anderes Mal."

„Schade. Dann werden wir das demnächst nachholen."

Carmen hatte ihr Lächeln nicht abgelegt, nachdem Pablo das gesagt hatte. Sie packte ihre Unterlagen zusammen, um sich danach zu verabschieden.

„Aber wir beide könnten doch ein Glas miteinander trinken, wenn Sie möchten."

Carmen nahm die Worte Valerias mit Freuden entgegen, während Pablo gerade nicht verstand, warum ihm seine Kollegin so in den Rücken fiel.

Die beiden Frauen verließen den Raum, und zurück blieb ein tief gekränkter Pablo.

*****

Die Bodega Marqués lag in einer kleinen Seiten-gasse und wurde vornehmlich von Einheimischen besucht.

Carmen und Valeria hatten an einem kleinen Tisch Platz genommen.

"Buenas noches Valeria y Señora!"

Die Begrüßung durch den Kellner ließ unschwer erkennen, dass Valeria nicht zum ersten Mal hierher kam.

Valeria erwiderte den Gruß und stellte ihre Beglei-terin vor.

Dann wandte sie sich an Carmen und fragte:

„Essen Sie Leber?"

„Ja, sehr gern sogar. Warum fragen Sie?"

Valeria legte ihre Hand auf den Unterarm von Carmen und sagte:

„Dann lassen Sie sich von mir verführen."

Carmen sah Valeria überrascht an, als diese zu dem Kellner sagte:

„Bring uns bitte eine Flasche „Rioja Valserrano Graciano" und zweimal „Higadillos de Pollo Salteados al Jerez."[10]

Kurz darauf kam der Kellner an den Tisch zurück und stellte zwei Gläser hin. Es war ein „Calimocho", ein Cocktail aus Rotwein, Cola, Brombeerlikör und einem Schuss Zitronensaft.

„Ein Willkommensgruß für unseren neuen Gast", sagte der Kellner mit einem Augenzwinkern an Carmen gerichtet.

Die beiden Frauen nahmen ihre Gläser in die Hand und Carmen sagte:

„Als die Ältere möchte ich gern das DU anbieten, wenn es Dir recht ist."

„Sehr gern, liebe Carmen", erwiderte Valeria und dann machten sie einen großen Schluck aus dem hübsch dekorierten Glas.

Als sie die Gläser auf den Tisch zurückgestellt hatten, beugte sich Valeria vor und gab Carmen einen zarten Kuss auf die Wange.

Als sie sich wieder langsam zurückbeugen wollte, erwiderte Carmen Valerias Kuss, dieses Mal jedoch auf den Mund.

„Wieso hast du es gewusst?", fragte Valeria.

---

[10] *„Hühnerleber in Sherry-Sauce"*

„Ich habe es vom ersten Augenblick an unserer Begegnung gespürt", erwiderte Carmen, „du doch auch. Oder?"

„Ich weiß es nicht", erwiderte Valeria, „das ist völliges Neuland für mich."

„Dann werde ich dich heute Nacht ganz behutsam durch dieses unbekannte Land der Liebe führen."

Valeria errötete, als Carmen das sagte und ein leichter Schauer lief ihr über den Rücken.

*****

Das Gebäude für die Verwaltung lag in unmittelbarer Nähe zum Domizil des Meisters. Es umfasste mehrere Räume, in welchen zum größten Teil Frauen tätig waren.

Arancha Vicario, eine etwas ältere Frau, war die Chefin. Sie begegnete Soledad mit einem unübersehbaren Argwohn.

„Du bist also die Neue und du sollst dich mit Buchhaltung ein wenig auskennen."

Soledad war sich der Provokation bewusst, welche mit der Art, wie sie von Arancha begrüßt wurde, einherging.

„Si, Señora Arancha."

Soledad hatte die Antwort mehr gehaucht als ausgesprochen und ihren Kopf dabei etwas geneigt gehalten.

Arancha schien dies zu gefallen, denn ihre Stimme wurde eine Spur freundlicher.

„Und wo hast du gearbeitet? "

„Im Schreibwarengeschäft meiner Tante", antwortete Soledad.

Diese Antwort war nicht völlig aus der Luft gegriffen. Ihre Tante Aurora hatte tatsächlich ein Schreibwarengeschäft und Soledad hatte als Mädchen der Tante bei der Arbeit zusehen dürfen und war so auch mit dem Thema „Buchhaltung" in Berührung gekommen.

Irgendwann durfte sie sogar aktiv die Buchhaltung mit betreuen. Es eröffnete Soledad die Möglichkeit, ein kleines Salär zu bekommen, das aus der Privatschatulle von Tante Aurora bestritten wurde.

Aurora Sánchez war von Valeria angehalten worden, dass sie, so jemand danach fragte, die Tätigkeit Soledads bei ihr bestätigen sollte.

„Und warum arbeitest du nicht mehr dort? "

Soledad tat, als winde sie sich zunächst um eine Antwort, sagte dann aber:

„Die Chefin mochte mich nicht und die Bezahlung war schlecht."

„Und glaubst du, die Bezahlung ist bei uns besser?"

Jetzt hatte Soledad ein Problem. Ihr war bewusst, dass eine falsche Antwort gefährlich sein konnte. Aber was war die richtige Antwort?

In diesem Augenblick kam ihr eine gute Fee zu Hilfe.

„Es dreht sich nicht alles im Leben nur um Geld. Habe ich nicht recht, Soledad?"

Petrus war hinter sie getreten und beendete die Fragestunde von Arancha Vicario.

„Lass doch Schwester Soledad erst einmal ankommen, Arancha. Sie hat schwere Zeiten hinter sich und braucht jetzt all unsere Liebe.

Sie soll dir ein wenig unter die Arme greifen. Aber gib ihr die Zeit, die sie braucht, um sich bei uns einzugewöhnen. Alles andere wird sich schon finden."

„Ist schon gut, Petrus", erwiderte Arancha, und Soledad erkannte am Verhalten ihrer künftigen Chefin, wie groß der Respekt Aranchas Petrus` gegenüber war. Er war unverkennbar der neue „Meister".

*****

Soledad teilte sich ihr Zimmer mit drei anderen jungen Frauen. Eine davon war wesentlich älter als sie und hieß Julieta. Die beiden anderen hießen Camila und Esperanza.

Es war nicht schwer zu erkennen, dass Julieta die „Aufpasserin" für die anderen drei Mitbewohnerinnen war. Sie hatte ihre Augen und Ohren überall. Das diese Struktur auf alle Zimmer zutraf, sollte Soledad im Verlauf der kommenden Tage feststellen.

Soledad freundete sich sehr schnell mit Esperanza an. Sie animierte sie, mit ihr einen Abendspaziergang zu machen.

„Du hast einen seltenen Namen. Was bedeutet der?"

Esperanza war der Bitte Soledads nach einem Spaziergang prompt nachgekommen, was Soledad etwas verwunderte. Ihr war aufgefallen, dass die meisten Frauen weniger zugänglich waren.

„Soledad bedeutet <Einsamkeit>. Ein Name, der gut zu mir passt."

Esperanza sah Soledad an und es sah beinahe so aus, als erwäge sie, ob sie weiter fragen soll.

Soledad nahm ihr die Entscheidung ab, indem sie sagte:

„Aber ich habe mich schon damit abgefunden, dass ich allein bin."

69

„Das klingt sehr traurig, Soledad", erwiderte Esperanza und ihr Mitgefühl wirkte durchaus echt.

„Ich war es auch viele Jahre lang; aber seitdem ich hier bin, geht es mir wieder gut."

„Ist es nicht lustig", sagte Soledad, *„unsere beiden Namen drücken genau das aus, was wir fühlen."*

„Das verstehe ich nicht", erwiderte Esperanza.

„Weißt du denn nicht, was dein Name bedeutet?"

Soledad war überrascht, als Esperanza die Frage verneinte.

„Esperanza bedeutet <Hoffnung>."

Über Esperanzas Gesicht huschte ein Lächeln und ihre Augen strahlten.

„Können wir Freundinnen sein?"

Das war eine weitere Überraschung.

„Ist das denn überhaupt erlaubt?"

Jetzt schien Esperanza die Überraschte zu sein. Sie beantwortete die Frage nicht wirklich und sagte stattdessen:

„Das ist mir egal. Es muss ja niemand wissen."

*****

„Wir stochern wie blind im Nebel herum. Das muss sich ändern."

Pablo hatte zum Brainstorming geladen. Und außer ihm und Valeria waren noch die Psychologin und der Gerichtsmediziner anwesend.

„Kannst du uns noch etwas sagen, was uns weiterhelfen könnte?"

Die Frage war an Dr. Diaz gestellt, der jedoch nur mit den Schultern zuckte.

Pablo sah sich hilfesuchend um und sein Blick blieb an Dr. Uribe hängen.

„Was ist mit den Tätowierungen von den Opfern? Was sagt es der Psychologin?"

Carmen sah Pablo lange an, bevor sie antwortete.

„Nun, Pablo, die menschliche Seele ist kein Katalog, in dem man nur herumblättern muss, um etwas Passendes zu finden.

Ich kann auch nur Spekulationen anstellen, für die ich keine Gewähr übernehmen kann."

„Dann tun Sie das doch", erwiderte Pablo barsch, den Carmens Antwort einfach nicht zufriedenstellte.

Valeria wollte Pablo zurechtweisen, aber eine Geste durch Carmens Kopf hielt sie zurück.

„Dieses Zitat auf den Körpern der Toten könnte man als Auszeichnung, eine Art Orden sehen, weil diese Frauen das größte Opfer dargebracht haben, das ein Mensch zu geben vermag; ihr Leben."

„Aber unser Jesus hat diese Tätowierung doch auch auf seiner Haut. Und er hat sein Leben wohl kaum freiwillig hergegeben", erwiderte Pablo.

„Wieso sind wir nicht früher darauf gekommen."

Valeria hatte diese Worte heftig hinausgestoßen.

„Was meinst du?", sagte Carmen und Pablo wunderte sich über das vertraute DU.

„Ist die Schrift auf den bisherigen Opfern identisch mit der von Hernández?"

Im Gegensatz zu Pablo vermied Valeria die Bezeichnung „Jesus", weil sie es als Blasphemie empfand.

„Das kann ich nicht sagen", erwiderte Ramon, *„aber ich kann es herausfinden. Es gibt ja Fotografien von den Tätowierungen der Opfer."*

„Und wenn das der Fall ist, dann müssen wir unbedingt herausfinden, wer diese Tätowierungen gemacht hat."

Valerias Gesicht glühte vor Aufregung.

„Deine Idee ist großartig, Valeria, bravo!"

Pablo sah zuerst zu Carmen, die das gesagt hatte und dann zu Valeria.

„Finden Sie nicht auch?", wandte sich Carmen an Pablo?

„Aber ja doch", erwiderte Pablo, *„die Idee ist wunderbar."*

„Das hörte sich aber gerade nicht wirklich so an", fügte Carmen scherzend hinzu.

„Ich war nur überrascht", sagte Pablo zu seiner Verteidigung, *„bravo Valeria!"*

„Ich finde, das müssen wir feiern. Und dieses Mal lasse ich keine Entschuldigung gelten, Pablo", sagte Carmen, *„und Sie kommen auch mit, Kollege Diaz!"*

*****

Das „Papas Tapas" war ein gemütliches Lokal, das vor allem für seine Papas-Gerichte und die gefüllten Tacos bekannt war.

Carmen wollte nicht in die Bodega gehen, in der sie mit Valeria ihren ersten gemeinsamen Abend verbracht hatte.

„Ich hoffe, es gefällt euch hier?", sagte Carmen, nachdem sie den Begrüßungscocktail, den sie für alle bestellt hatte, in der Hand hielt.

„Dann lasst uns auf einen netten Abend unter Freunden anstoßen. "

Nachdem sie ihre Gläser wieder abgestellt hatten, ergriff Ramon sein Glas und sagte:

„Ich bin ja mit den beiden Schnüfflern schon viele Jahre per DU, und nachdem Sie eine Kollegin sind, jünger und auch schöner als ich, möchte ich auch Ihnen das DU anbieten, in der Hoffnung, das sich der Rest des Vereins freudig anschließt. "

Pablos Widerstand, den er, noch bis gerade eben, aufrecht gehalten hatte, wurde durch die Ansprache des Medizinmannes vernichtet.

Und ein paar Stunden und viele Gläser später begann er an Carmen sogar Gefallen zu finden.

„Wieso kennst du El Presidente? "

Diese Frage, die Pablo schon lange unter den Nägeln brannte, konnte endlich gestellt werden.

Carmen lächelte Pablo an und antwortete:

„Sagen wir einmal so: Ein Präsident ist auch nur ein Mann. Und ich bin ja nur ein schwaches Weib…"

Alle lachten; nur Pablo war gerade nicht danach. Das Ganze war ihm jetzt doch ein wenig peinlich.

*****

Die Überprüfung ergab, dass die Tätowierungen bei den Opfern dieselbe Handschrift trugen wie auch bei Antonio, Jesus Hernández.

Pablo bat Valeria, sie möge ihre Schwester darauf ansetzen, um herauszufinden, wer der Tätowierer war.

Soledad machte sich sofort ans Werk und versuchte behutsam ihre Mitbewohnerin Esperanza mit diesem Thema zu konfrontieren.

„Ich habe gehört, dass die Frauen, die sich umgebracht haben, tätowiert waren. Stimmt das?"

„Wer hat das gesagt?"

Soledad spürte sofort das Misstrauen, welches in der Stimme Esperanzas mitschwang.

„Ich weiß nicht mehr", erwiderte Soledad, *„es war irgendwer in der Verwaltung. Aber wahrscheinlich stimmt das gar nicht. Vergiss einfach, was ich gesagt habe."*

Soledad wandte sich ab und tat, als wäre die Sache damit erledigt.

„Das stimmt schon", sagte Esperanza, *„den Frauen wurde irgend so ein Spruch tätowiert."*

„Und woher willst du das wissen?"

„Ich habe es bei Paloma gesehen."

Soledad lief ein Schauer über den Rücken, als sie das hörte. War es wirklich möglich, dass ihre Zimmergenossin eines der Opfer mit dieser ominösen Tätowierung gesehen hatte?

„Das glaube ich dir nicht“, sagte Soledad, scheinbar gelangweilt, was Esperanza veranlasste, heftig zu reagieren.

„Willst du damit sagen, dass ich eine Lügnerin bin?“

„Nein, nein“, entgegnete Soledad eilig, *„so habe ich das nicht gemeint. Ich finde es nur ein wenig spooky.“*[11]

„Magst du keine Tätowierungen?“, frage Esperanza, und Soledad wunderte sich, dass ihre Freundin ihre Antwort auf diese Art interpretiert hatte.

„Natürlich mag ich Tätowierungen. Ich hätte gern selber eine. Ich bin nur etwas feige, weil ich Angst habe, dass ich an den falschen Tätowierer gelangen könnte.“

„Da brauchtest du bei Carlos keine Bedenken haben; er ist der Beste in seinem Beruf.“

„Du kennst den Mann, der die Frauen tätowiert hat?“, fragte Soledad aufgeregt.

---

[11] *„gespenstig“*

„*Ja sicher*", antwortete Esperanza, „*er hat mir ja ein kleines Tattoo gestochen.*"

In Soledads Kopf begann es wie wild zu rattern.

„*Möchtest du es mir vielleicht zeigen?*"

Esperanza zögerte einen kurzen Augenblick und streifte dann ihre Hose ein Stück weit herunter, um ihre rechte Gesäßhälfte zu entblößen.

Und dann war es zu sehen. Ein kleines Tattoo in Form einer Rose.

„*Ich wollte, ich hätte das nie gemacht*", sagte Esperanza mit trauriger Stimme.

„*Aber warum nicht?*", fragte Soledad.

Und wieder dauerte es einen Moment, bevor Esperanza Soledad erzählte, dass sie sich das Tattoo aus Liebe zu einem Mann hatte stechen lassen. Ihre Liebe sei jedoch nicht erwidert worden.

So sehr Soledad auch wissen wollte, wer der Mann gewesen war, unterließ sie es dennoch, danach zu fragen.

Stattdessen sagte sie, sehr zur Überraschung von Esperanza:

„*Was hältst du davon, wenn ich mir das gleiche Tattoo machen lasse wie du? Als Freundschaftsband sozusagen.*"

„Das würdest du wirklich tun?"

Esperanza war völlig aus dem Häuschen, als Soledad ihr das anbot.

„Dazu sind Freunde doch schließlich da. Oder nicht?"

Esperanza fiel Soledad um den Hals und küsste sie auf die Wange.

„Danke, danke, danke! Du bist wirklich eine echte Freundin. Ich bin so froh, dass ich dich habe."

Soledad fühlte sich gerade nicht sehr wohl. Sie musste daran denken, dass sie die Vertrauensseligkeit einer Frau arg missbrauchte, um etwas Bestimmtes zu erreichen. Sie wollte den Tätowierer persönlich treffen.

*****

Pablo und Valeria waren begeistert, als sie von Soledads Plan erfuhren, den Tätowierer persönlich zu treffen. Von der Platzierung des Tattoos sagte sie nichts, um sich den Spott der beiden zu ersparen.

„Sei bitte vorsichtig, wenn du diesen Carlos triffst. Wir wissen nicht, was für ein Typ das ist. Und fall nicht gleich mit der Tür ins Haus!"

Die Sorge Valerias um ihre Schwester war unverkennbar.

„Keine Angst Schwesterherz; ich passe schon auf.“

Es war die Unbekümmertheit von Soledad, die ihr schon als Kind anhaftete, und genau das beunruhigte Valeria.

„Wir dürfen nicht vergessen, dass dieser Carlos zum engeren Kreis der Verdächtigen gehört“, legte Valeria nach, *„er hat schließlich Antonio tätowiert.“*

„Was meinst du mit <engerer Kreis>, Valeria?“, sagte Pablo, *„wir haben sonst keinen Verdächtigen.“*

Valeria wusste keine Antwort. Ihr wurde in diesem Augenblick bewusst, dass der Plan Soledads die einzige Option war, die sie hatten.

„Aber du rufst mich jeden Abend an und berichtest mir. Und sei bitte äußerst vorsichtig.“

Es war ein letztes Aufbäumen gegen den verwegenen Plan, den potenziellen Mörder von Antonio zu treffen.

„Das sagtest du schon, große Schwester“, erwiderte Soledad mit einem verschmitzten Lächeln, das sie schon als Kind hatte, und das Valeria hin und wieder auf die Palme brachte.

*****

Soledad verhielt sich in den kommenden Tagen sehr zurückhaltend. Ihre Tätigkeit in der Verwaltung erstreckte sich auf ganz normale Büroarbeit, immer unter dem wachsamen Auge ihrer Chefin, Arancha Sanchez.

Das erhoffte Treffen mit dem Tätowierer hatte absoluten Vorrang und deshalb ließ sie auch die kleinen Sticheleien durch Arancha einfach unbeantwortet an sich abprallen.

Und dann kam es zu dem so sehr erhofften Treffen mit dem Tätowierer. Carlos war ein echter Hingucker. Groß gewachsen, muskelbepackt, schwarzes Haar und Augen, so tief wie das Meer.

„Hola Señorita. Esperanza hat mir gesagt, dass du das gleiche Tattoo willst, wie sie eines hat."

"Sí, Señor."

„Und auch an der gleichen Stelle wie Esperanza?"

Soledad bejahte auch diese Frage. Während Carlos das fragte, schaute er Soledad mit einem Blick an, der ganz offensichtlich sein Interesse an ihr widerspiegelte.

„Dann leg dich auf den Bauch und zeige mir deinen hübschen Popo."

Als Soledad ihr Höschen langsam und nur ein kleines Stück weit herunterstreifte, griff Carlos zu und zog das Kleidungsstück mit einem kräftigen Ruck ganz herunter.

Soledad erschrak zunächst und fühlte sodann, wie ein Schauer der Erregung ihren Körper ergriff. Sie wollte sich zuerst dagegen wehren, ließ es aber dann doch zu und gab sich dem Gefühl ganz hin.

Als Carlos die eine Hand auf ihr Gesäß legte und mit der anderen Hand seine „Cheyenne Sol Luna"[12] gekonnt über die Haut führte, vermischte sich bei Soledad der Schmerz mit einem drohenden Orgasmus.

„Tut es sehr weh bonita Señorita?"

Soledad biss die Zähen zusammen und antwortete mit einer bemühten Leichtigkeit:

„Nicht im Geringsten; ich genieße es sogar."

Esperanza, welche die ganze Zeit über neben Soledad saß und ihr die Hand hielt, war einfach nur glücklich.

„Du weißt gar nicht, was mir das bedeutet."

Zu Soledads körperlichen Schmerzen kam jetzt noch ein seelischer hinzu, in Form eines schlechten Gewissens.

*****

---

[12] *Tätowiermaschine*

Soledad hatte ihrer Schwester die Aktion mit der Tätowierung bewusst verschwiegen, weil sie wusste, dass diese total dagegen gewesen wäre.

Und sie setzte sie auch nicht in Kenntnis darüber, dass sie mit Carlos ein „Date" hatte, das weit über ein Gespräch hinausging und bis zum nächsten Morgen dauerte.

Das Treffen mit Pablo, Carmen und ihrer Schwester sollte endlich etwas Licht ins Dunkel bringen und wurde schon sehnsüchtig erwartet.

„Hast du etwas in Erfahrung bringen können?", fragte Pablo, und alle schauten gebannt auf Soledad.

„Nicht, was uns weiterhelfen könnte."

Enttäuschung machte sich in den Gesichtern der Anwesenden breit.

„Was soll das heißen?", sagte Valeria.

„Das, was ich gesagt habe", antwortete Soledad, *„Carlos ist ein toller Tätowierer, aber kein Mörder."*

„Und warum bist du dir so sicher?", fragte jetzt Carmen, die einen schlimmen Verdacht hatte. *„Hast du vielleicht mit ihm geschlafen?"*

„Spinnst du?", sagte Valeria heftig.

„*Lass sie doch einfach antworten, Valeria*", erwiderte Carmen, ihren Blick nicht von Soledad ablassend.

„*Ja, habe ich*", antwortete Soledad, „*aber das hat nichts damit zu tun. Carlos ist kein Mörder; aber ein toller Liebhaber.*"

Als Soledad bei diesen Worten ein Lächeln aufsetzte, das Valeria auf den Tod nicht ausstehen konnte, brannte bei ihr die Sicherung durch.

Sie ging hin zu Soledad und verpasste ihr eine schallende Ohrfeige.

„*Was bist du nur für ein Mensch. Ich schäme mich für dich, und ich bin froh, dass unsere Mutter das nicht mehr erleben muss.*"

„*Sachte, sachte, Valeria.*"

Pablo hatte Valeria bei den Schultern gepackt und sie von Soledad weggezogen.

„*Du bist raus, Soledad. Dein unprofessionelles Verhalten ist unmöglich.*"

„*Das kannst du nicht machen; ich werde nicht aufhören, Pablo.*"

„*Und ob du das wirst. Das ist eine Dienstanweisung. Und wenn du ihr nicht nachkommst, ist deine Karriere bei der Polizei beendet, noch bevor sie richtig angefangen hat. Dafür werde ich sorgen.*"

Soledad verließ wortlos den Raum und warf die Tür laut hinter sich zu.

„Das ist typisch Soledad", sagte Valeria, *„es tut mir so leid."*

„Nicht doch, Valeria", erwiderte Pablo, *„Soledad ist alt genug, um zu wissen, was sie macht."*

„Scheinbar nicht", sagte Valeria und wandte sich dann an Carmen.

„Wieso hast du Soledad das gefragt? Wie bist du darauf gekommen, dass sie mit dem Kerl geschlafen hat?"

„Berufliche Erfahrung", antwortete Carmen, *„es war die Art, wie sie über diesen Mann gesprochen hat. In ihrer Stimme lag eine Spur zu viel Bewunderung."*

Soledads Sondereinsatz war somit beendet. Nach ihrer intimen Aktion mit dem Tätowierer war ihre weitere Verwendung als Undercoveragentin untragbar.

Carlos Vidal wurde aufs Präsidium gebracht. Durch Soledad wussten sie, dass er den „Meister" tätowiert hatte.

*****

Befragung Carlos Vidal
Comisario López:
"Anwesend sind Comisario Principal Pablo López und Comisaria Valeria Sánchez, sowie der Befragte. Bitte, nennen Sie uns Ihren Namen, Ihren Beruf und Ihre Funktion bei den <Jüngern Abrahams>."

Carlos Vidal:
"Ich heißte Carlos Vidal und bin Tätowierer."

Comisario López:
"Und was ist Ihre Aufgabe bei den "Jüngern Abrahams?"

Carlos Vidal:
"Keine. Ich bin mein eigener Herr und ich habe ein Tattoo-Studio."

Comisario López:
"Aber sie tätowieren doch die Leute in dieser Sekte, wie wir aus sicherer Quelle wissen."

Carlos ließ sich Zeit mit der Beantwortung dieser Frage.

Carlos Vidal:
"Wer behauptet das?"

Comisario López:
"Das spielt keine Rolle, Señor Vidal. Beantworten Sie einfach die Frage, und denken Sie daran, dass eine Falschaussage Folgen für sie haben wird."

Carlos Vidal:
„Das kann schon einmal vorkommen."

Comisario López:
„Ich will Ihrem Gedächtnis auf die Sprünge helfen. Sie haben all die Frauen, die zu den „Jüngern Abrahams" gehörten und die auf mysteriöse Art ihr Leben lassen mussten, zuvor tätowiert. Oder leugnen Sie das?"

Die Stimme Pablos war lauter und bestimmter geworden. Carlos wurde zusehends unruhiger.

Carlos Vidal:
"Das stimmt. Aber mit deren Selbstmord habe ich nicht zu tun."

Valeria spürte, wie sich ihr Magen zusammenkrampfte. Sie musste daran denken, dass sich ihre Schwester mit diesem Individuum eingelassen hatte.

Comisaria Sánchez:
„Wer sagt denn, dass es Selbstmord war? Vielleicht waren Sie ihr Mörder."

Carlos Vidal:
„Nein, Señora. Ich habe nur einen Auftrag ausgeführt und ihnen diese Tätowierung gemacht. Aber mit ihrem Tod habe ich nicht zu tun."

Comisaria Sánchez:
„Können Sie uns sagen, was das bedeutet, was Sie den Frauen eintätowiert haben?"

Carlos Vidal:

„Man hat mir ein Blatt gegeben, auf dem der Satz geschrieben stand, und ich habe es dann tätowiert."

Comisario López:

„Und Sie wissen nicht, was das bedeutet?"

Carlos Vidal:

„Ich kann nur Spanisch, Comisario."

Comisario López:

„Das heißt: Der Stier scheißt Schokolade."

Das Gesicht des Tätowierers erstarrte. Plötzlich fing er schallend an zu lachen.

Carlos Vidal:

„Ehrlich? Wenn ich das gewusst hätte, hätte ich das niemals geschrieben."

Carlos lachte noch immer. Aber nach dem nächsten Satz des Comisario erstickte er fast daran.

Comisario López:

„Sie haben Antonio, Jesus Hernández denselben Satz eintätowiert und ihn danach ermordet. Ich werde Sie jetzt in Haft nehmen."

Carlos Vidal:

„Nein, nein; das ist nicht wahr."

Comisario López:

„Dass Sie ihn tätowiert haben oder dass Sie ihn ermordet haben? Oder gar beides?"

Carlos Vidal:
„Alles. Ich meine das mit dem Ermorden. Ich habe ihn nur tätowiert."

Es war klar erkennbar, dass Carlos gerade durch die Hölle ging.

Comisario López:
„Sie haben Antonio Jesus tätowiert und danach war er tot. Also sind Sie ganz klar sein Mörder."

Carlos sank in sich zusammen. Von dem einst so stolzen Mann war nur noch ein Häufchen Elend übrig geblieben.

Carlos Vidal:
„Bitte, glauben Sie mir; ich war es nicht. Ich werde Ihnen alles erzählen, was ich weiß. Aber bitte, bitte, glauben Sie mir: Ich bin kein Mörder."

Und dann erzählte Carlos Vidal eine schier unglaubliche Geschichte.

„Ich wurde überfallen und mir wurde eine schwarze Kapuze über den Kopf gestülpt. Dann sind sie mit mir irgendwohin gefahren.

Wir fuhren zu einer Hütte. Ich weiß aber nicht, wo die ist. Sie haben mir ständig eine Pistole an den Kopf gehalten.

Als sie mir in der Hütte die Kapuze abgenommen haben, habe ich den Meister auf einem Tisch liegen sehen. Er war aber nicht tot; er hat nur geschlafen.

Dann haben Sie mir einen Zettel vor die Nase gehalten, auf dem dieser komische Spruch mit dem Stier stand. Den habe ich dann auf die Brust des Meisters tätowiert.

Als ich fertig war, haben sie mir wieder die Kapuze aufgesetzt und mich weggeführt. Irgendwo haben sie mich dann aus dem Auto geworfen, und ich war froh, dass ich noch am Leben war."

Hier machte Carlos eine Pause und sah in die Gesichter von Pablo und Valeria. Die beiden Ermittler verließen den Raum, um mit der Psychologin zu reden. Pablo wandte sich an Carmen.

„Was meinst du, Carmen? Wie viel ist wahr von dem, was uns Carlos auftischt und was ist gelogen?"

„Ich bin nahezu überzeugt davon, dass alles wahr ist, was euch der Vogel erzählt hat", antwortete Carmen, *„Carlos ist von schlichtem Gemüt und verfügt nicht über die Fantasie, die es bräuchte, um solch eine Geschichte zu erfinden."*

„Dann lass uns einmal weitermachen", sagte Pablo und ging mit Valeria zurück zu Carlos.

Comisario López:
„Sie sagten, dass der „Meister" noch gelebt hat, als sie ihn tätowiert haben. Wie konnten Sie das wissen?"

Carlos Vidal:
„Weil er geatmet hat. Das habe ich ganz deutlich gesehen."

Comisario López:
„Haben Sie mit ihm gesprochen?"

Carlos Vidal:
„Nein, er hat ja geschlafen."

Comisario López:
„Aber das tut doch weh, wenn man sich tätowieren lässt. Wieso ist er denn nicht aufgewacht?"

Carlos zuckte mit den Schultern, was die Analyse Carmens, das schlichte Gemüt dieses Mannes betreffend, bestätigte. Auf das Naheliegende, dass der „Meister" betäubt gewesen sein musste, kam er nicht.

„Warum haben Sie uns das nicht gleich gesagt und warum haben Sie die Entführung nicht der Polizei gemeldet?"

Carlos Vidal:
„Weil ich Angst hatte, Comisario, dass man mir nicht glauben würde."

Valeria hatte den Ausführungen von Carlos aufmerksam zugehört und bekam plötzlich eine Idee.

Comisaria Sánchez:
„Hören Sie, Carlos!
Ich weiß nicht, wie der Comisario das sieht; aber ich finde Ihre Aussagen absolut glaubwürdig.
Das wird den Staatsanwalt aber nicht daran hindern, wegen Irreführung der Behörden gegen Sie vorzugehen.

Aber ich könnte mir sehr gut vorstellen, dass sich Ihre Kooperationsbereitschaft beim Staatsanwalt mildernd auswirken wird.

Sie sind doch kooperationsbereit, Carlos; oder? "

Carlos war nur allzu bereit, den Ball anzunehmen, den Valeria ihm zugespielt hatte.

Carlos Vidal:
„Das bin ich, Señora. Ich helfe, so gut ich kann. "

Comisaria Sánchez:
„Prima, Carlos; das habe ich mir gedacht. Ich habe Sie richtig eingeschätzt. Sie sind ein kluger Mann. "

Pablo wollte schon die Augen verdrehen, als er sah, wie seine Kollegin den armen Kerl nach allen Regeln der Kunst manipulierte.

„Wenn wir nun einmal davon ausgehen, dass Sie nicht der Mörder sind, wovon ich nach wie vor überzeugt bin, dann stellt sich doch die Frage, wer war es dann? "

Valeria sah Carlos erwartungsvoll an.

„Es wäre hilfreich, wenn Sie uns bei der Suche nach einem oder mehreren Verdächtigen unterstützen könnten.
Sie kommen ja mit vielen Mitgliedern der Sekte in Berührung. Und bei Ihrem Aussehen und Ihrem Charme werden vor allem die Frauen ihnen ihr Herz

ausschütten. Ich habe doch sicher recht, Carlos. Oder?"

Und wieder sog Carlos Valerias honigsüße Worte auf wie ein Schwamm.

Carlos Vidal:
„Nun ja; das stimmt. Frauen reden ja gern und viel. Und da hört man schon dies und das."

Carlos machte eine kurze Pause. Es schien, er wäge gerade ab, was er von seinem Wissen preisgeben können, ohne sich selbst zu verbrennen.

„Es gibt da so ein Gerücht..."

Carlos zögerte. Valeria hielt ihn fest im Blick. Es war eine groteske Situation. Gerade so, als säße ein Kaninchen vor der Schlange.

Comisaria Sánchez:
„Was für ein Gerücht, Carlos?

Erzählen Sie es uns, und lassen Sie nichts aus. Alles kann wichtig sein."

Carlos Vidal:
„Man sagt, dass der Doktor schon seit einiger Zeit scharf auf den Posten vom „Meister" war. Und Seño-ra Arancha soll ihm dabei helfen. So sagt man."

Comisaria Sánchez:
„Meinst du mit dem Doktor den Justiziar Manuel Álvarez? Und die Verwaltungschefin Vicario?"

Carlos Vidal:
„Ja. Genau die meine ich."

Valeria sah zu Pablo, der ebenso erstaunt war wie sie.

Comisaria Sánchez:
„Ich habe noch eine letzte Frage, Carlos: Glaubst du, dass an dem Gerücht etwas dran ist? Und traust du den beiden einen Mord zu? Lass dir ruhig Zeit mit der Antwort."

Carlos Vidal:
„Bei ihm bin ich mir nicht sicher. Er ist doch ein studierter Mann. Aber was die Señora betrifft, so kann ich mir das schon vorstellen. Die anderen Leute in der Verwaltung mögen sie überhaupt nicht."

Was die Verwaltungschefin betraf, so hatte Soledad auch schon Ähnliches über sie berichtet.

Comisaria Sánchez:
„Du hast uns sehr geholfen, Carlos. Vielen Dank!"

*****

Die nächsten Tage vergingen mit Befragungen diverser Mitglieder der „Jünger Abrahams".

Nach einer anfänglichen Zurückhaltung der Befragten und der Androhung einer Strafe bei Falschaussage, wurde die Aussage von Carlos immer mehr bestätigt: Dr. Manuel Álvarez und Arancha Vicario planten eine Palastrevolution.

Camila Iglesias, eine junge Frau, die unter der Verwaltungschefin schlimme Zeiten erlebt hatte, behauptete, sie habe ein Gespräch zwischen Arancha und dem Justiziar belauscht, aus welchem klar hervorging, *„dass der „Meister" abgesetzt werden müsse, weil er zu viel Geld ausgeben würde für seine vielen Autos und andere Luxusdinge."*

Was die Autos betraf, so war der Fuhrpark des „Meisters" gespickt mit diversen Karossen aus der höchsten Preisklasse. Und seine goldene Rolex bestätigte ebenso die Wahrscheinlichkeit, dass das Gehörte der Wahrheit entsprach.

*****

Befragung Dr. Manuel Álvarez, alias „Petrus"
Comisario López:
"Anwesend sind Comisario Principal Pablo López und Comisaria Valeria Sánchez, sowie der Befragte. Bitte, nennen Sie uns Ihren Namen, Ihren Beruf und Ihre Funktion bei den <Jüngern Abrahams>."

Dr. Álvarez:
„Das ist doch albern. Ich habe diese Angaben doch schon beim letzten Mal gemacht."

Comisario López:
„Bitte, tun Sie es ganz einfach; das ist Vorschrift."

Der Justiziar kam der Aufforderung nach, nicht ohne das Ganze ins Lächerliche zu ziehen. Als er am Ende seiner Angaben angelangt war, fügte er hinzu, *„dass er es trotzdem albern fände."*

Comisario López:
„Wir wissen aus zuverlässiger Quelle, dass Sie beabsichtigt haben, die Führung der <Jünger Abrahams> zu übernehmen."

Dr. Álvarez:
„Hat die Quelle auch einen Namen?"

Comisario López:
„Die Quelle hat sogar mehrere Namen, Dr. Álvarez, und sie sprudelt heftig. Für ein Gespräch von Ihnen mit Arancha Vicario, Ihrer Mitverschwörerin, gibt es einen Ohrenzeugen."

Der Justiziar zuckte zusammen. Die Worte von Pablo zeigten deutlich Wirkung.

Comisario López:
„Ist Ihnen das Lachen vergangen, Herr Doktor? Sie sehen, wir haben da ein klassisches Mordmotiv. Oder wie sehen Sie das?"

Dr. Álvarez:
„Das ist alles Unsinn. Wir haben den „Meister" nicht ermordet."

Comisario López:

„Das ist ja interessant. Sie sprechen gerade in der Mehrzahl. Manuel und Arancha – Bonny and Clyde der Moderne. Das gefällt mir."

Pablo genoss die Situation. Es war wie der Sieg der Ermittler über die Arroganz des Justiziars.

Dr. Álvarez:

„Hören Sie auf mit diesem Unsinn. Sie machen sich ja lächerlich."

Valeria, die den Justiziar ebenso wenig leiden konnte wie Pablo, fand das Vorgehen ihres Kollegen in diesem Moment ein wenig überzogen. Sie schaltete sich ein.

Comisaria Sánchez:

„Dr. Álvarez, wo waren Sie zu dem Zeitpunkt, als Antonio Hernández ermordet wurde?"

Dr. Álvarez:

„Das kann ich nicht beantworten, bonita Señora."

Comisaria Sánchez:

„Wollen Sie nicht oder können Sie nicht?"

Dr. Álvarez:

„Wie soll ich Ihre Frage beantworten, wenn ich nicht einmal weiß, wann der „Meister" ermordet wurde."

Der Justiziar hatte wieder Oberwasser gewonnen und war zu seiner lasziven Art zurückgekehrt.

Comisaria Sánchez:
„Der Todeszeitpunkt liegt zwischen 21:00 und 22:00 Uhr. Und das Datum ist Ihnen ja wohl bekannt."

Dr. Álvarez:
„Ach ja; jetzt erinnere ich mich. Das war ein Donnerstag. Da war ich bei einem Juristenkongress in Madrid und am Abend gab es ein Bankett mit dem Justizminister. Das lässt sich doch sicher gut nachprüfen."

Damit zog der Justiziar endgültig den Stecker. Er schaute die beiden Ermittler herausfordernd an.

„Ich nehme an, dass die Befragung damit beendet ist und ich gehen kann. Oder haben Sie noch weitere unnütze Fragen?"

Comisario López:
„Sie gehen nirgendwo hin. Ich nehme Sie hiermit in Gewahrsam wegen des dringenden Tatverdachts an der Beteiligung des Mordes an Antonio Hernández."

Valeria erschrak, als sie Pablo das sagen hörte. Sicher, es gab die 48-Stundenregel; aber was wollte Pablo damit erreichen?

Dr. Álvarez:
„Das werden Sie noch bereuen, Sie Hampelmann."

*****

Befragung Arancha Vicario:
Comisario López:
"Anwesend sind Comisario Principal Pablo López und Comisaria Valeria Sánchez, sowie die Befragte. Bitte, nennen Sie uns Ihren Namen, Ihren Beruf und Ihre Funktion bei den <Jüngern Abrahams>."

Arancha Vicario:
„Mein Name ist Arancha Vicario, ich bin Verwaltungsangestellte und leite die Verwaltung bei den <Jüngern Abrahams>".

Comisario López:
Señora Vicario, oder kann ich Arancha sagen?"

Arancha Vicario:
Señora Vicario wäre mir lieber, Comisario."

Damit hatte Arancha die Grenzen klar abgesteckt.

Comisario López:
„Ganz wie Sie wünschen, Señora. Dann kommen wir gleich zum Punkt. Dr. Álvarez beschuldigt Sie, den Mord an Antonio Hernández geplant und ausgeführt zu haben."

Arancha sah Pablo kurz erstaunt an, um dann in ein schallendes Gelächter auszubrechen.

Arancha Vicario:
„Sie wären ein miserabler Pokerspieler, Comisario. Das hat Manuel im ganzen Leben nicht gesagt."

Comisario López:
„Was macht Sie da so sicher?"

Arancha Vicario:
„Ganz einfach, Comisario. Warum sollte Manuel etwas behaupten, was überhaupt nicht stimmt? Ich habe mit dem Mord ebenso wenig zu tun wie Manuel."

Pablo konnte seine Enttäuschung nur sehr schwer verbergen. Er hatte gehofft, Arancha mit dem Bluff überrumpeln zu können. Er startete einen erneuten Versuch.

Comisario López:
„Es hat überhaupt keinen Zweck, dass Sie leugnen, Señora. Wir haben mehrere Zeugen, die ein Gespräch von Ihnen beiden belauscht haben, in dessen Verlauf Sie darüber geredet haben, dass der „Meister" verschwinden muss."

Es folgte erneutes lautes Lachen von Arancha.

Arancha Vicario:
„Dios mío. Wie verzweifelt müssen Sie sein, dass Sie mir ein Märchen nach dem anderen auftischen.

Wenn Ihnen nichts Besseres einfällt, dann möchte ich lieber gehen."

Pablo fühlte eine ohnmächtige Wut in sich aufsteigen. Valeria schien es bemerkt zu haben und mischte sich ein.

Valeria Sánchez:
„Was haben Sie am Donnerstag, den 14. September, zwischen 21:00 und 22:00 Uhr gemacht? "

Arancha Vicario:
„Hmmm; da muss ich jetzt aber scharf nachdenken, Señorita. "

Es war unübersehbar, dass Arancha Vicario Valeria provozieren wollte. Valeria überging die Anspielung.

Arancha Vicario:
„Ach ja. Jetzt fällt es mir wieder ein. Da war doch dieser langweilige Kongress in Madrid. Manuel hat mich sogar dem Minister vorgestellt. Das einzig Bemerkenswerte an dieser langweiligen Veranstaltung war das Buffet beim abendlichen Bankett.

Ich glaube, es gibt auch Bilder davon. Der Minister hat sogar heftig mit mir geflirtet. Der geile, alte Bock. "

Valeria sah hilfesuchend zu Pablo. Den beiden Ermittlern wurde klar, dass diese Befragung eine reine Zeitverschwendung war.

Comisario López:
„Wir werden das alles überprüfen, Señora. Sie können jetzt gehen; aber bitte halten Sie sich zu unserer Verfügung. "

*****

Das Zimmer lag im Halbdunkel und von draußen klang Musik herein. Valeria und Carmen hielt sich eng umschlungen.

„Wann hast du gemerkt, dass du Frauen liebst?", fragte Valeria.

„Das weiß ich gar nicht mehr so genau", antwortete Carmen, *„ich glaube, das war schon immer so."*

„Hast du nie mit einem Mann geschlafen?"

Valeria sah Carmen eindringlich an. Es waren so viele Fragen, die ihr seit der ersten Berührung durch Carmen durch den Kopf gingen.

„Nein, das war nie ein Thema für mich."

„Magst du keine Männer", setzte Valeria nach.

„Natürlich mag ich Männer", antwortete Carmen, *„aber anders."*

„Was heißt das?"

Carmen dachte einen kurzen Augenblick nach und sagte dann lächelnd:

„Ich mag Schokolade, ich mag Kuchen und Torten; aber ich liebe Buñuelos de Viento, gefüllt mit Crème Chantilly."[13]

---

[13] *Windbeutel gefüllt mit süßer Sahne*

„*Ich verstehe*", sagte Valeria, welche die Erklärung von Carmen recht amüsant fand.

„*Bereust du es, dass du dich mit mir eingelassen hast?*"

Valeria war überrascht, dass Carmen das gefragt hatte. Carmens Heiterkeit war plötzlich wie weggewischt. Ihr Blick spiegelte Zweifel, ja fast schon Angst wider.

„*Nein, nein*", beeilte sich Valeria zu antworten, „*im Gegenteil. Es ist nur alles so neu für mich.*"

Carmens Lächeln kehrte langsam zurück. Sie hielt Valeria noch enger umschlungen als zuvor, als wolle sie die Geliebte mit aller Kraft festhalten.

„*Ich bekomme keine Luft*", sagte Valeria lachend.

„*Entschuldige, Liebste*", erwiderte Carmen und lockerte ihre Umarmung.

„*Das ist schön*", sagte Valeria.

„*Was meinst du?*", fragte Carmen.

„*Wie du mich eben genannt hast*", erwiderte Valeria und gab Carmen einen Kuss.

Carmen erwiderte den Kuss.

„*Fährst du am Wochenende mit mir ans Meer? Ich habe uns ein Zimmer gemietet.*"

Valeria sah Carmen überrascht an. In ihrem Kopf flogen die Gedanken wie wild hin und her.

„Ich weiß nicht, Carmen", antwortete Valeria zögernd, *„ich bin mir nicht sicher, ob ich das so will. Vielleicht brauche ich nur noch etwas Zeit."*

Carmen nahm Valerias Gesicht in beide Hände und schaute ihr tief in die Augen.

„Gefällt dir, was wir machen?"

„Ja. Sehr sogar."

Valerias Antwort kam, ohne auch nur einen Moment lang darüber nachgedacht zu haben.

Carmen hatte es mit Freuden bemerkt und fügte hinzu:

„Ein altes Sprichwort sagt: No luches contra algo más fuerte que tú."[14]

"Und was ist mit David gegen Goliath?", fragte Valeria, worauf Carmen lachend antwortete:

„Das ist nur ein Märchen aus der Bibel."

*****

---

[14] *Kämpfe nicht gegen etwas, das stärker ist als du.*

Die Inhaftierung von Dr. Álvarez war der Presse nicht verborgen geblieben. Schon am nächsten Morgen war es der Aufmacher in allen gängigen Tageszeitungen.

Das hatte zur Folge, dass Stunden später ein anonymer Anruf im Präsidium für Aufregung sorgte. Eine verzerrte Stimme sagte:

Sie haben den Falschen. Ich möchte nicht, dass ein Unschuldiger leidet. "

Die Rückverfolgung ergab, dass der Anruf von einer öffentlichen Fernsprechzelle am Bahnhof geführt wurde.

Eine Sichtung der Überwachungsbilder von den Videokameras auf dem Bahnhof führte zu nichts.

„Was haltet ihr davon? Ist das vielleicht nur ein Spinner? Einer, der nur Aufmerksamkeit will? "

Pablo hatte die Frage an Valeria und Carmen gestellt. Carmen antwortete als Erste.

„Wir sind uns ja darüber einig, dass Álvarez und Arancha als Täter nicht infrage kommen. "

„Zumindest nicht aktiv ", unterbrach Valeria, *„das Alibi von beiden hält stand. Aber als Auftraggeber bleiben sie schon noch im Spiel.* "

„Das ist richtig, Valli ", erwiderte Carmen, *„aber es geht in erster Linie ja um den bzw. die Mörder.* "

„Sprich weiter, Carmen", sagte Pablo, *„du woll-
test sicher noch mehr dazu sagen. "*

*„Ich denke nicht, dass der Anrufer ein Spinner
oder ein Trittbrettfahrer ist. "*

„Und wieso nicht? "

War der Zwischenruf davor in normaler Lautstär-
ke, so kam dieser jetzt recht scharf daher.

Carmen sah ihre Freundin erstaunt an. Sie verstand
gerade nicht, was Valeria dazu bewogen haben könnte, derart heftig zu reagieren.

Auf die Idee, dass die Anrede „Valli" in Bezug auf
ihre Freundin nicht gut angekommen sein könnte, kam
Carmen gar nicht. Es war für sie ein normaler Vorgang, dass sie Valeria so nannte.

Carmen dachte nicht weiter darüber nach und fuhr
fort.

*„Es geht um den Zusatz <ich möchte nicht, dass
ein Unschuldiger leidet> deutet für mich darauf hin,
dass es der Mörder selbst war, der angerufen hat. "*

Pablo und Valeria sahen Carmen mit großen Augen an.

„Das wäre durchaus denkbar, Carmen", reagierte
Pablo sofort, und in seiner Stimme waren Zuversicht
und Freude erkennbar.

Im Gegensatz dazu sagte Valeria:

„Das ist doch Schwachsinn. Kein Mensch ist so dumm und ruft bei der Polizei an, um zu sagen, dass er der Mörder ist."

Carmen ging zu Valeria hin und packte sie am Arm.

„Komm bitte mit nach draußen. Ich muss mit dir reden."

Valeria ließ sich willig vor die Tür bringen.

„Warum tust du das? Was ist los mit dir?"

„Das fragst du mich allen Ernstes?", erwiderte Valeria, und in ihrer Stimme lag sehr viel Wut.

„Du hast mich vorhin <Valli> genannt."

Jetzt begriff Carmen, warum Valeria so reagiert hatte.

„Ach so", erwiderte sie, *„gestern durfte ich es noch sagen. Da hat es dir sogar gefallen. Und heute gilt das nicht mehr?"*

„Ja, schon", sagte Valeria und in ihren Augen standen Tränen. *„Aber doch nicht vor Pablo."*

„Ich verstehe", erwiderte Carmen. *„Für dich ist es nur ein Abenteuer, eine verborgene Liebe, die nur im*

Verborgenen blüht. Daran habe ich überhaupt kein Interesse. "

Carmen wandte sich abrupt ab und ging.

Valeria wischte ihre Tränen ab und kehrte zu Pablo zurück. Sie lächelte, als wäre nichts geschehen.

„ Was war das denn gerade? ", fragte Pablo.

„ Eine Frauengeschichte ", erwiderte Valeria, *„ du weißt schon, Stimmungsschwankungen und so. "*

Pablo gab sich damit zufrieden und fragte:

„ Du hältst also nichts von Carmens Theorie? "

Valeria tat, als überlege sie kurz und antwortete dann:

„ Ich war vielleicht etwas voreilig. Wenn ich es recht bedenke, dann könnte an Carmens Theorie durchaus etwas dran sein.

Vielleicht sollten wir dieser Spur doch nachgehen. Wir haben ja sonst nichts Brauchbares… "

*****

Der Vorschlag Pablos, Soledad wieder bei den „Jüngern Abrahams" einzuschleusen, stieß bei Valeria auf heftigen Widerstand.

„Du hast ja gesehen, wie unzuverlässig meine Schwester ist."

„Aber du musst auch zugeben, dass sie uns sehr geholfen hat", konterte Pablo.

„Sie wird uns sowieso nicht mehr helfen, nachdem, was vorgefallen ist", sagte Valeria, *„und außerdem möchte ich das nicht."*

„Das habe ich zur Kenntnis genommen, Valeria. Ich denke, die Entscheidung darüber sollten wir ihr selber überlassen. Sie ist schließlich erwachsen."

Valeria sah Pablo mit einem Blick an, als wolle sie ihm bedeuten, dass sie an dem Erwachsensein ihrer Schwester heftige Zweifel hege.

„Du bist der Boss, Pablo. Tu, was du nicht lassen kannst. Aber lass mich dabei außen vor."

„Dann gib mir bitte Soledads Telefonnummer. Ich nehme nicht an, dass du ihr die frohe Botschaft selber überbringen willst."

Valeria kam Pablos Bitte nach und verließ danach wortlos den Raum. Der Knall der zugeschlagenen Tür dokumentierte eindringlich ihre Ablehnung.

*****

Soledad war von Pablos Idee spontan begeistert, und sagte zu, ohne auch nur einen einzigen Augenblick darüber nachzudenken zu müssen.

„Unsere bisherigen Ermittlungen sind alle ins Leere gegangen. Der Tipp von dir mit Carlos hat auch nichts gebracht.

Wir brauchen mehr Informationen aus dem Inneren der Gruppe. Traust du dir das zu?

Ich weiß, dass deine Schwester sehr hart gegen dich vorgegangen ist; aber ich habe die Situation damals nicht so gesehen wie sie.

Wenn du ablehnen würdest, dann hätte ich vollstes Verständnis dafür."

Soledad hatte Pablo aufmerksam zugehört.

„Bist du fertig, alter Mann?", sagte Soledad und unterstrich damit einmal mehr ihre unbekümmerte Art.

„Du kannst ruhig aufhören, zu schleimen. Ich übernehme den Job."

Pablo war erleichtert. Er verzieh Soledad die Respektlosigkeit, die sie ihm gegenüber gerade an den Tag gelegt hatte, in dem Bewusstsein, dass Soledad der einzige Trumpf war, den er hatte.

„Das freut mich sehr, Soledad. Ich möchte aber, dass du weißt, dass deine Schwester nicht damit einverstanden ist."

„Alles andere hätte mich gewundert. Das macht aber gar nichts. Wenn ich erst einmal Ergebnisse geliefert habe, wird sie schon angekrochen kommen."

Pablo fragte sich, ob der Rauswurf durch Valeria Soledad so sehr verletzt hatte, dass sie sich derart über sie ausließ oder ob das ganz einfach nur schwesterliche Liebe war.

„Der Jefe superior hat mit deinem Vorgesetzten gesprochen, und der hat dich freigestellt. Es ist also schon alles geregelt."

„Wieso warst du dir so sicher, dass ich JA sagen würde?", fragte Soledad.

„Weil du mich an meine Jugend erinnerst, Soledad", antwortet Pablo, *„ich war genauso verrückt wie du."*

*****

Soledad war in die Gruppe zurückgekehrt. Esperanza freute sich sehr, als sie ihre Freundin wieder in die Arme schließen konnte.

„Wo warst du die ganze Zeit?", fragte Esperanza, *„ich habe dich so vermisst."*

„Du hast mir auch gefehlt", antwortete Soledad, *„aber jetzt bin ich ja wieder hier."*

Soledad war froh, dass sich ihre Freundin mit der Antwort begnügte.

„Stell dir vor, sie haben den Doktor eingesperrt. Aber nur kurz.“

„Wieso das denn?“, gab sich Soledad bestürzt.

„Sie haben gesagt, er habe den Antonio umgebracht.“

Soledad war überrascht, dass Esperanza nicht „Meister“ sondern „Antonio“ gesagt hatte.

„Wieso nennst du den Meister beim Vornamen? Darf man das überhaupt?“

„Das ist mir egal, schließlich ist er ja tot. Und das geschieht ihm ganz recht.“

Soledad sah Esperanza mit großen Augen an. Einen solchen Satz hätte sie von der Freundin niemals erwartet.

„Ich bin entsetzt, dass du das gerade eben gesagt hast. Eigentlich sollte ich das melden.“

Esperanzas Augen füllten sich mit Tränen. Plötzlich sagte sie trotzig:

„Dann mach doch; ist mir doch egal.“

Soledad umarmte die Freundin.

„Das mache ich ganz sicher nicht, und das solltest du auch wissen. Schließlich sind wir doch Freundinnen. Oder etwa nicht?"

Esperanza nickte. Soledad gab ihr ein Taschentuch und sagte:

„Wisch dir die Tränen ab. Und dann sagst du mir, warum du dem Meister im Nachhinein den Tod wünschst."

„Weil er gemein zu mir war", sagte Esperanza.

„Wie meinst du das?", setzte Soledad nach.

Und dann erzählte Esperanza eine Geschichte, die so ungeheuerlich war, dass sich bei Soledad die Haare aufstellten.

Esperanza hatte den Meister geliebt, ja förmlich angebetet. Sie wollte zu den auserwählten Frauen gehören, mit denen er regelmäßig das Bett teilte.

Als sie dem Meister ihre Bitte vortrug, lehnte er ab. Stattdessen forderte er sie auf, sie solle ihre Liebe zu ihm dadurch beweisen, dass sie den Opfertod wählt.

Esperanza lehnte das ab; blieb jedoch bei den Jüngern Abrahams in der Hoffnung, dass der Meister sie eines Tages erhören würde.

Nachdem das aber selbst nach langer Zeit nicht geschehen war, wandelte sich ihre Liebe zum Meister in Hass um.

Als Soledad das hörte, war sie erst einmal sprachlos. Sicher, man hatte schon öfter davon gehört, dass bei Frauen eine gewisse Hörigkeit auftreten kann. Aber dass sie so weit gehen könnte, das konnte sich Soledad einfach nicht vorstellen.

„Das ist ja eine unglaubliche Geschichte, liebe Esperanza. Der Meister war offenkundig kein guter Mensch. Aber warum bist du nicht gegangen? "

„Wo hätte ich denn hingehen sollen? ", sagte Esperanza, *„da draußen war keiner, der auf mich wartete. Und die anderen hier waren ja alle lieb zu mir. "*

Soledad überlegte, ob sie es wagen sollte, Esperanza gezielte Fragen zu stellen, zögerte aber.

„Aber jetzt ist alles gut. Du bist wieder da und du verlässt mich auch nicht wieder. Nicht wahr? "

Soledad spürte einen Knödel in ihrem Hals. Sie wünschte sich, sie hätte der Bitte Pablos nicht so spontan zugesagt.

Vor ihr saß eine Frau, die ihr grenzenlos vertraute und mit der Soledad ein Spiel spielen sollte, das wenig Ehrenhaftes an sich hatte.

„Antonio war ein Schwein. "

Soledad war überrascht, als sie Esperanza das plötzlich sagen hörte.

„Er hat die Frauen wie Dreck behandelt. Er hat sie eine Zeit lang benützt und dann weggeworfen."

„Wie meinst du das, Esperanza?", fragte Soledad.

„Wenn er ihrer überdrüssig war, hat er den Liebesbeweis von ihnen verlangt."

Soledads Herz begann heftig zu schlagen. Sie spürte die Aufregung am ganzen Körper.

„Was meinst du mit Liebesbeweis?"

Esperanza sah ihre Freundin mit einem seltsamen Blick an. So, als wäre sie in Trance.

„Das Opfer auf dem Altar der Liebe."

Das Blut rauschte in Soledads Ohren und sie fühlte eine aufsteigende Beklommenheit in sich.

„Du meinst, der Meister hat sie ermordet?"

„Nein!"

Auf Esperanzas Stirn hatten sich Schweißperlen gebildet. Ihre Augen waren starr, als sie mit gedämpfter Stimme sagte:

„Sie haben ihren Leib selber geopfert und der Meister hat zugeschaut."

Esperanza sank in sich zusammen. Soledad nahm sie in ihre Arme und streichelte sie.

„Es ist gut, Esperanza. Ich bin bei dir, es kann dir nichts geschehen."

*****

Pablo hatte neben Valeria und Carmen auch den Gerichtsmediziner Ramon zu einem Brainstorming eingeladen.

„Es gibt neue Erkenntnisse, die uns dank Valerias Schwester vorliegen. Bei den Leichen der Frauen, die wir bisher haben, handelt es sich angeblich um Liebesbeweise an den <Meister>. Das hieße, die Frauen hätten sich tatsächlich selbst umgebracht, wie das Ramon ja auch schon bestätigt hat."

Erstaunen machte sich breit. Den Anwesenden fiel es schwer, das Gesagte nachzuvollziehen.

„Wie verlässlich ist das überhaupt?", fragte Valeria, angetrieben von einem nach wie vor vorhandenen Misstrauen wider ihre Schwester.

„Die Information stammt von einer beinahe Betroffenen", antwortete Pablo und wandte sich dann der Psychologin zu.

„Wie ist deine Meinung dazu, Carmen? Ist so etwas überhaupt möglich, dass sich Frauen freiwillig das Leben nehmen, nur um einem Mann zu gefallen?"

„Leider ja", erwiderte Carmen, „man nennt das <Linnebergsyndrom>, genannt nach dem schwedischen Arzt, Dr. Aksel Linneberg. Frauen steigern sich in ihrer Liebe zu einem Mann in eine Art Rausch, vergleichbar mit dem Einfluss durch Drogen, dass sie ihren eigenen Willen dem Willen des Mannes unterordnen."

„Was meinst du, Ramon? Könnte das auf unsere Opfer zutreffen?"

„Ich denke schon, Pablo", antwortete Ramon, „wie du ja weißt, wiesen alle Opfer keinerlei Spuren auf, die auf Gewalteinwirkung hätten schließen lassen."

„Wo wurden die Opfer eigentlich gefunden und woran sind sie gestorben?", fragte Carmen.

„Der Fundort war immer der gleiche: am Strand. Und die Todesursache war auch immer dieselbe: Gift."

Es folgte Schweigen. Valeria durchbrach es als Erste, indem sie fragte:

„Ich versteh gerade nicht, wie uns das alles weiterbringen soll?"

„Der Mord am <Meister> wurde von einer oder mehreren Angehörigen eines dieser Opfer durchgeführt."

Es war Carmen, die diesen gewichtigen Satz in den Raum stellt.

„Und wie kommst du bitte darauf?", fragte Valeria in leicht provokantem Ton, bei der der Stachel des verletzt worden Seins noch immer sehr tief saß.

„Ganz einfach, liebe Valeria", antwortete Carmen, *„weil alles andere keinen Sinn macht."*

*****

Pablo hatte Soledad gebeten, sie möge Recherchen anstellen, die in diese Richtung weisen würden.

Soledad war mit Esperanza inzwischen eine so tiefgehende Freundschaft eingegangen, die keinerlei Zweifel oder Misstrauen zuließ.

Sie verbrachten jede frei Minute miteinander und Esperanza wuchs an dieser Freundschaft, was zum einen sehr schön für sie war, aber für Soledad immer mehr zur Belastung wurde.

Sie musste sich förmlich überwinden, unter dem Mantel der Freundschaft, Esperanza weiter auszuspionieren.

„Darf ich dich etwas fragen?"

„Aber ja; frag nur."

Soledad zögerte. Es fiel ihr schwer, das zu tun, weswegen sie sich mit Esperanza angefreundet hatte.

„Du hast gesagt, dass sich die Frauen selber geopfert hätten und dass der Meister dabei zugesehen hat. Ist das wirklich wahr?"

„Natürlich ist das wahr", erwiderte Esperanza und in ihrem Ton schwang eindeutig Aggression mit.

Soledad wurde unsicher. Sie überlegte, ob sie das Gespräch an dieser Stelle besser abbrechen sollte. Man konnte die Freundin schon als sehr labil bezeichnen, und dessen war sich Soledad auch wohl bewusst.

Esperanza nahm ihr die Entscheidung ab.

„Ich habe den Meister einmal dabei beobachtet."

Soledad hielt den Atem an. Was sie gerade gehört hatte, war reines Dynamit. Wenn das wirklich wahr war, was Esperanza gesagt hatte, dann würde das die Lösung des Falls ein großes Stück weiterbringen.

„Das glaube ich dir nicht", erwiderte Soledad, in der Hoffnung, Esperanza damit herauszufordern.

Und es funktionierte.

„Willst du damit sagen, dass ich lüge?"

Und wieder schwang die Aggression deutlich mit.

„Sei mir bitte nicht böse, Esperanza; aber das klingt so unglaublich. Ich hoffe, du verstehst mich."

Esperanza gab sich scheinbar damit zufrieden. Sie blickte Soledad eindringlich an.

„Soll ich es dir beweisen?"

Jetzt drohte die Spannung Soledad beinahe zu zerreißen. Sie ballte ihre Fäuste und bemühte sich, entspannt zu wirken.

„Wie sollte das gehen; Esperanza?"

Und wieder sah Esperanza Soledad mit starrem Blick an. Es fühlte sich an wie ein „Katz- und Mausspiel".

„Komm mit, dann zeige ich dir die Stelle, wo sich Angelina geopfert hat."

„Wer war Angelina?", fragte Soledad.

„Meine Freundin. Sie hat in demselben Bett geschlafen, in dem du jetzt schläfst."

Soledad lief ein kalter Schauer über den Rücken.

„Sie hat den <Meister> wie wahnsinnig geliebt. Am Anfang hat sie jede Nacht bei ihm verbracht. Aber mit der Zeit wurde es immer weniger. Zum Schluss war es vielleicht ein- bis zweimal im Monat.

Das hat sie sehr traurig gemacht. Aber als sie vom Meister ausgewählt wurde, sich zu opfern, da ist sie richtig aufgeblüht."

Soledad wurde schwindelig. Es fiel ihr schwer, die nötige Gelassenheit aufrecht zu erhalten.

„Und du warst dabei, als sie sich geopfert hat?"

„Ja, ganz heimlich. Von Angelina wusste ich, wann das stattfinden sollte. Ich bin ihnen dann gefolgt. Es war wie in einem Märchen.

Angelina trug ein weißes Kleid und auf dem Kopf hatte sie einen Kranz aus geflochtenen Blumen.

Der Meister hat Angelina ein Fläschchen gegeben und das hat sie ausgetrunken. Dann hat er sie in den Arm genommen und geküsst. Das war wunderschön."

In Soledads Kopf hämmerte es wie wild. Es fühlte sich an, als säße sie im Kino in der ersten Reihe und sehe sich einen surrealen Film an.

„Und du kannst mir die Stelle zeigen?"

„Das habe ich doch gesagt", erwiderte Esperanza, *„es ist gar nicht weit von hier. Ich kann dir sogar das Grab zeigen, in dem Angelina liegt."*

Soledad nickte nur. Sie kämpfte gerade gegen eine heftig aufkommen wollende Übelkeit.

*****

Soledad hatte Pablo über das Gespräch mit Esperanza berichtet. Auch darüber, dass eines der Opfer „Angelina" hieß.

Die Skepsis, welche Pablo an den Tag legte, war nicht zu übersehen.

„Kann es sein, dass deine Freundin nicht ganz richtig im Kopf ist?"

„Das mag schon sein, Pablo", erwiderte Soledad, *„aber, was sie mir da erzählt hat, klang schon sehr plausibel."*

„Es ist nur so", sagte Pablo, *„unter den Opfern, die wir gefunden haben, war keine Angelina dabei."*

„Dann habt ihr vielleicht nicht alle gefunden", erwiderte Soledad.

„Das ist unwahrscheinlich; denn die Opfer waren alle an derselben Stelle vergraben, und dass wir sie gefunden haben, war ein reiner Zufall.

Der Hund eines Spaziergängers hat das Grab entdeckt und ausgebuddelt. Die letzte Leiche war wohl mit unzureichend viel Erde bedeckt worden."

Pablo sah in das enttäuschte Gesicht von Soledad.

„Aber du kannst dir ja das angebliche Grab dieser Angelina von deiner Freundin zeigen lassen. Versprich mir nur, dass du mir rechtzeitig Bescheid gibst, damit wir in der Nähe sind."

„*Das mache ich, Pablo*", versprach Soledad. „*Dann werde ich wieder gehen und mich unter die wahren Gläubigen mischen. Und grüße bitte meine große Schwester von mir und auch die anderen.*"

„*Mache ich, Soledad. Und pass ja gut auf dich auf!*"

„*Ja, Mutti*", erwiderte Soledad und gab Pablo einen Kuss auf die Wange.

„*Du bist wirklich ein schreckliches Mädchen*", sagte Pablo und lachte.

„*Ich weiß…*"

*****

Soledad vermutete schon, dass Esperanza ihr einen Bären aufgebunden hatte, denn das Thema „Angelina" tauchte einfach nicht mehr auf. Soledad erwog, ihre Freundin darauf anzusprechen, unterließ es aber, um sie nicht zu verprellen.

Umso überraschter war sie, als Esperanza eines Abends zu ihr sagte:

„*Ich möchte Angelina ein paar Blumen aufs Grab bringen. Wenn du Lust hast, kannst du mich beglei-ten.*"

Soledad stimmte zu, suchte aber vorher noch die Toilette auf, um Pablo eine SMS zu schicken. Pablo simste sofort zurück:

„Lass dein Handy eingeschaltet, damit wir dich orten können."

Dann gingen die beiden Frauen los. Esperanza hielt in der einen Hand einen kleinen selbstgepflückten Strauß aus Wiesenblumen und in der anderen die Hand von Soledad.

Sie schlichen aus dem Areal hinaus in Richtung Wald, der hinter den Gebäuden lag, immer darauf bedacht, nicht gesehen zu werden.

„Warum müssen wir uns wie Diebe hinausstehlen?", fragte Soledad, *„wir könnten doch einfach nur einen Abendspaziergang machen."*

„Die mögen das gar nicht, wenn man nach Einbruch der Dämmerung noch herumschleicht", antwortete Esperanza, und Soledad hegte Zweifel, ob sie die Freundin wirklich ernstnehmen sollte.

Esperanza ging zielstrebig in den Wald und hielt Soledad fest bei der Hand. Soledad begann sich unwohl zu fühlen und schaute sich unruhig um, in der Hoffnung, Pablo oder andere Kollegen zu entdecken.

Aber die Dunkelheit war ihr einziger Begleiter. Esperanza hatte eine Taschenlampe mitgenommen, mit der sie den Weg beleuchtete. Soledad stolperte und fiel hin.

Von irgendwoher drang das Geräusch eines knackenden Astes und als sich noch der Ruf eines Käuzchens untermischte, begann sich Soledad zu fürchten.

„Ist es noch weit?", fragte sie.

„Sag bloß, du fürchtest dich", antwortete Esperanza lachend, welche die Angst aus Soledads Stimme herausgehört hatte.

„Ich habe doch keine Angst", versuchte Soledad mit fester Stimme ihre Freundin zu täuschen.

„Wir sind gleich da", sagte Esperanza, *„und keine Angst. Ich passe schon auf dich auf."*

Nur wenige Minuten später blieb Esperanza stehen und leuchtete mit ihrer Taschenlampe auf ein steinernes Gebilde.

Als sie ganz nah waren, erkannte Soledad eine Art Sitzgruppe aus Stein. Eine große Platte mit den Maßen 2 x 1 Meter, aufgelegt auf einen steinernen Sockel, diente als Tisch, und auf beiden Längsseiten waren auf dieselbe Art zwei Sitzbänke angeordnet.

Esperanza legte ihren Blumenstrauß auf den Tisch und sagte mit leiser Stimme:

„Das ist der Altar der Liebe…"

*****

Als Pablo mit weiteren Kollegen eintraf, bot sich ihm ein skurriles Bild.

Esperanza kniete vor dem steinernen Tisch und hielt ihre Hände gefaltet wie zu einem Gebet. Soledad stand einfach nur daneben.

„Ist alles in Ordnung? Geht es dir gut?"

Pablos Sorge um Soledad war offensichtlich.

„Es geht mir gut, Pablo", antwortete Soledad, und die gewohnte Forschheit war aus ihrer Stimme gewichen.

„Was ist das hier?", fragte Pablo, *„was macht ihr da?"*

„Das ist der Altar der Liebe", antwortete Soledad, *„und sehr wahrscheinlich auch das Grab von Angelina."*

Esperanza war außer sich.

„Was machen die Leute hier und wer sind die?"

„Das sind meine Kollegen", antwortete Soledad, *„und ich bin eine Polizistin."*

„Was?"

Entsetzen stand in Esperanzas Augen. Sie war von der augenblicklichen Situation völlig überfordert.

„Aber wieso?", sagte sie und sah Soledad fragend an. *„Du bist doch meine Freundin. Sag den Männern, sie sollen gehen."*

Esperanza schien noch immer nicht begriffen zu haben, was gerade geschehen war, und auch nicht, dass Soledad nicht die war, die sie vorgegeben hatte, zu sein.

Sie wehrte sich auch nicht, als sie von zwei Beamten weggeführt und in ein Auto gesetzt wurde.

„Ihr solltet hier graben", sagte Soledad, *„Angelina liegt wahrscheinlich unter dem Tisch begraben."*

Soledad sollte mit ihrer Vermutung recht behalten. Als der Tisch entfernt wurde, fand man darunter die Leiche einer Frau. Es war Angelina Navarro, eines der Opfer, das der „Meister" auf dem Gewissen hatte.

*****

Befragung Esperanza Iglesias:
Comisario López:
"Anwesend sind Comisario Principal Pablo López und Comisaria Valeria Sánchez, sowie die Befragte. Bitte, nennen Sie uns Ihren Namen, Ihren Beruf und Ihre Funktion bei den <Jüngern Abrahams>."

Esperanza Iglesias:
„Ich heiße Esperanza, das bedeutet Hoffnung."

Comisario López:

„Das ist ein sehr schöner Name."

Pablo war sich im Klaren darüber, dass er sehr behutsam vorgehen musste, wollte er etwas Brauchbares in Erfahrung bringen.

„Angelina war ihre Freundin. Ist das richtig, Esperanza?"

Esperanza Iglesias:

„Ja. Und jetzt ist sie tot."

Comisario López:

„War sie sehr krank?"

Esperanza Iglesias:

„Nein; überhaupt nicht. Der Meister hat sie nicht mehr geliebt und deshalb hat er sie getötet."

Comisario López:

„Das ist ja schrecklich, Esperanza. Wissen Sie auch, wann und wo er das gemacht hat und auf welche Weise?"

Esperanza Iglesias:

„Ich sage gar nichts mehr. Ich möchte, dass Soledad zu mir kommt."

Valeria sah Pablo mit einem Blick an, der ihm bedeuten sollte: „Auf gar keinen Fall!"

Pablo drehte sich um, sah zu der Glasscheibe hinter sich und nickte.

Kurz darauf betrat Soledad, die sich hinter der Glasscheibe befand, den Raum. Sie setzte sich neben Esperanza und nahm ihre Hand.

„Es ist alles gut, Esperanza; ich bin da. Es kann dir überhaupt nichts geschehen. "

Pablo wiederholte seine Frage von vorhin, und als Esperanza wieder nicht antworten wollte, sagte Soledad zu ihr:

„Das sind liebe Leute. Die wollen nur, dass der Mörder von Angelina bestraft wird. Und das willst du doch auch. "

Esperanza nickte. Es war offensichtlich, dass sie nicht wirklich verifizieren konnte, um was es ging. Es war ihr noch nicht einmal ins Bewusstsein gedrungen, dass sich Soledad als Polizistin geoutet hatte.

Comisario López:
„Hat der <Meister> Angelina gezwungen, sich selber umzubringen? "

Esperanza Iglesias:
„Aber nein; die Frauen haben das gern getan. "

Pablo war an einem Punkt angekommen, an dem er nicht mehr weiter wusste. Valeria bemerkte es und übernahm.

Comisaria Sánchez:
„Und alle Männer und Frauen in der Gruppe waren damit einverstanden? "

128

Esperanza Iglesias:
"Nein, nicht alle."

Alle waren hellhörig geworden: Pablo, Valeria, Soledad und auch Carmen, die noch hinter der Glasscheibe stand.

Comisaria Sánchez:
„Wer war denn nicht einverstanden? "

Esperanza Iglesias:
„Judas. "

Comisario López:
„Meinen Sie Álvaro Jiménez? "

Esperanza nickte.

Comisario López:
"Können Sie das etwas genauer erklären? "

Esperanza Iglesias:
„Ich mag nicht mehr, ich habe genug und möchte jetzt gehen. "

Pablo wollte widersprechen, als Valeria ihm zuvorkam.

Comisaria Sánchez:
„Wir machen jetzt eine Pause und Soledad wird sich um Sie kümmern. "

*****

Soledad hatte Esperanza überredet, mit ihr zu kommen. Sie nahm sie mit in ihre Wohnung. Die Befragung hatte Esperanza sichtlich mitgenommen.

„Du hast mich die ganze Zeit belogen", sagte Esperanza, die apathisch in einem Sessel saß und vor sich hinstarrte. *„Du hast mich nur benutzt."*

Soledad war überrascht, dass Esperanza mit ihr gegangen war, obwohl sie wusste, dass Soledad ihr etwas vorgemacht hatte.

„Es tut mir leid, Esperanza", erwiderte Soledad. *„Ich habe dich benutzt, das ist wahr, und dafür entschuldige ich mich.*

Aber ich habe nicht gelogen, als ich sagte, ich wäre deine Freundin. Wenn du mir nicht glaubst oder lieber gehen möchtest, dann wäre ich sehr traurig darüber. Aber ich könnte es verstehen."

Esperanza sah Soledad an. Sie hatte Tränen in den Augen.

„Ich verstehe es nicht. Du sagst, du bist meine Freundin, und dann belügst du mich. Wie passt das zusammen?"

„Eigentlich gar nicht", sagte Soledad, *„aber es geht darum, einen grausamen Mörder zu finden, und da heiligt der Zweck die Mittel, wie man sagt.*

Noch einmal, Esperanza. Es tut mir unendlich leid und ich bitte dich, mir zu verzeihen, wenn du kannst."

„Aber nur, wenn du mir versprichst, mich nicht mehr zu belügen", erwiderte Esperanza.

Soledad nickte und es war eine ehrliche Antwort. Sie fühlte sich schon seit einiger Zeit unwohl in ihrer Rolle als verdeckte Ermittlerin.

Soledad stand auf und breitete ihre Arme aus.

„Du bist meine einzige Freundin und ich möchte dich nicht verlieren."

Soledad umarmte ihre Freundin. Jetzt hatte auch sie Tränen in den Augen.

*****

Esperanza hatte Soledad uneingeschränkt ihr ganzes Wissen geschenkt, was Judas, alias Álvaro Jiménez betraf.

Entsprechende Recherchen brachten interessante Tatsachen zum Vorschein.

Álvaro Jiménez hatte gelogen. Es gab eine Violetta Torres und diese Frau war eines der letzten Opfer. Dass der Mädchenname von Violetta „Jiménez" war, schien in den Unterlagen nicht auf. Sie war die Tochter von Álvaro.

*****

Befragung Álvaro Jiménez:
Comisario López:
"Anwesend sind Comisario Principal Pablo López und Comisaria Valeria Sánchez, sowie der Befragte. Bitte, nennen Sie uns Ihren Namen. Die anderen Daten zu Ihrer Person liegen bereits vor."

Comisario López:
„Welche Ironie, Señor Jiménez oder soll ich doch lieber <Judas> sagen? Die Geschichte aus der Bibel wiederholt sich, nur dass Ihr Motiv Rache war und nicht Geld."

Álvaro Jiménez:
"Ich weiß nicht, was Sie meinen und warum ich überhaupt hier bin. Ich habe Ihnen schon beim letzten Mal alles gesagt."

Comisario López:
„Judas, Judas, Judas...
Sie sind ein chronischer Lügner. Oder leugnen Sie, dass Violetta Torres Ihre Tochter war?"

Álvaro zuckte zusammen.

Álvaro Jiménez:
„Woher wissen Sie das?"

Comisario López:
„Ein kleines Vögelchen hat uns das gepfiffen, und auch, dass Sie Ántonio, Jesus Hernández, den <Meister> der <Jünger Abrahams> getötet haben."

Álvaro saß nur regungslos da. Pablo sah ihn an und wartete. Er war sich nicht sicher, ob Álvaro die Behauptung schlucken würde. Schließlich gab es keine Beweise für die Tat. Weder Tatwaffe oder irgendwelche verwertbaren Spuren.

Álvaro Jiménez:
„Dieses Schwein hat es nicht anders verdient.“

Pablo sah zu Valeria. Damit hatte weder er noch sie gerechnet: „Ein Geständnis frei Haus.“

Comisario López:
„Sie geben also zu, Antonio, Jesus Hernández ermordet zu haben?“

Álvaro Jiménez:
„Ja. Und ich würde es wieder tun. Er hat meine Tochter erniedrigt, missbraucht und in den Tod getrieben. Dieser Mann war kein Mensch, er war ein sexbesessenes Monster, der Satan in Menschengestalt.“

Comisaria Sánchez:
„Warum haben Sie Ihre Tochter nicht beschützt?“

Álvaro Jiménez:
„Sie war ihm hörig, er hat sie verhext. Ich habe es immer wieder versucht; aber das hat sie nur von mir weggetrieben.

Und als sie sich dann das Leben genommen hat, habe ich ihm das Leben genommen. Auge um Auge, Zahn um Zahn.“

Comisaria Sánchez:
„Wer hat den Spruch <Morituri te salutant> eintäto-
wiert? "

Álvaro Jiménez:
„Das war ich. Aber Sie irren sich. Der Spruch heißt
<Mortuus te salutat>, <die Tote grüßt dich>. "

*****

Álvaro Jiménez wurde ins Untersuchungsgefängnis
gebracht. Bei seiner Verhandlung zeigte er keinerlei
Reue, betrachtete aber seine Verurteilung als gerechte
Strafe und Weg der Buße.

Carlos Vidal wurde wegen Falschaussage und Irreführung der Behörde ebenfalls vor Gericht gestellt.
Seine Geschichte der Entführung war erfunden und
war ein Freundschaftsdienst, welchen er dem Freund
Álvaro Jiménez erwiesen hatte.

Soledad Garcia kehrte zur Escuela de Policia zurück, wo ihr eine Auszeichnung verliehen wurde. Mit
ihrer Schwester Valeria hatte sie zuvor noch Frieden
geschlossen.

Pablo suchte seinen Freund Ramon auf, um ihn auf
die fehlerhafte Analyse der Tätowierung anzusprechen. Der Mediziner begründete den Fauxpas damit,
dass durch die vielen Messerstiche und Hautritzungen
im Bereich der Tätowierung ein genaues Entziffern
nur sehr schwierig war.

Valeria hatte Carmen und Pablo zu einem Essen in die Bodega Marqués eingeladen. Das Essen hatte sie bereits telefonisch bestellt.

Als der Kellner Canonita de Mallorca Aperitivo de Naranjas[15] auf Eis servierte, brachte Pablo einen Toast aus.

„Auf euch und auf unsere erfolgreiche Zusammenarbeit!"

Carmen und Pablo begannen zu trinken, während Valeria noch immer ihr Glas in die Höhe hielt.

„Und auf Carmen, eine wunderbare Frau und meine Geliebte!"

Pablo hätte sich beinahe verschluckt, als er das hörte. Carmen sah Valeria an und strahlte. Valeria beugte sich vor und küsste Carmen.

"Gracias, querida."[16]

Valeria sah, dass Pablo total verunsichert war, und gab ihm ebenfalls einen Kuss.

„Es ist alles in Ordnung, mi amor.[17] Dich liebe ich auch."

---

[15] *Mallorquinischer Orangenlikör*
[16] *Danke, mein Liebling.*
[17] *Mein Schatz*

In diesem Augenblick brachte der Ober das Essen, wodurch Pablo sich aus dem Gefängnis der Verwirrtheit befreien konnte.

Vor ihnen auf dem Tisch wurde ein köstliches 3 Gänge Menü ausgebreitet:

Champignons con Chorizo[18]
Tortilla Salmón y setas y hierbas[19]
Gató de Almendra[20]

Vervollkommnet wurde der Gaumenschmaus durch einen *Freixenet Mederaño Rosado.*[21]

Als das Essen vorüber war, sagte Valeria:

„Ich verstehe noch immer nicht, wie wir uns von Judas so täuschen lassen konnten…"

„Das ist doch völlig egal", erwiderte Pablo, *„Sag mir lieber, wann ihr heiraten werdet."*

„Du bist und bleibst ein Ochse, Pablo", sagte Valeria lächelnd, und Carmen ergänzte mit einem Augenzwinkern:

„Aber ein ganz lieber; nichtwahr, mein Lieber?"

*****

---

[18] *Champignon mit Paprikawurst*
[19] *Lachs Omelett mit Pilzen und Kräutern*
[20] *Mandelkuchen*
[21] *Halbtrockener Roséwein*